日本推理小说经典馆

[日] 内田康夫 著

张亦依 译
吴建中 审校

风中的樱香

群众出版社

目 录

引言　001

庵中少女　001

爱知专门尼僧堂　033

鸟羽的财阀　064

伤心的人们　097

诱拐　133

天命　165

尾声　213

采目

引言

　　樱香只朦朦胧胧记得,她五岁前是生活在育婴堂的。到底是怎样的育婴堂、在什么地方,樱香已经没有什么记忆了。在断断续续残存的记忆片段里,她只依稀记得,那是在山峦环抱的原野正中央,有着红色屋顶、白色墙壁的建筑物,宽广的院子里,开满了黄色花朵。

　　在育婴堂里,有很多与她遭遇差不多的孩子。不过,说实话,大家对"遭遇"根本还无法理解,都不知道自己为什么会在那里,也没有任何疑问。

　　育婴堂里有几位被称为"爸爸"、

"妈妈"的大人,而在食堂里准备餐食的女士则被称为"大妈"。

樱香和更小的孩子都只能在育婴堂内游玩,也进行一些类似幼儿园教学课程的学习;那些足够学龄的孩子们都去学校上学。清楚这些事情之前,樱香离开育婴堂,来到了尊宫寺。

樱香到底是在什么情况下来到尊宫寺的,至今为止,没有人清楚知道。

那天早晨,早餐过后,大家正准备回房,樱香却被人叫住了,并被带到了院长室。樱香当然知道,院长老师是"爸爸"中最厉害的人,也隐约感觉到会有什么重要事情发生。想到这里,樱香突然感到非常紧张。

院长室有穿着黑色衣服、披着白色头巾的尼姑在。育婴堂时不时有尼姑来访,给孩子们带来礼物,还和孩子们一起游玩。所以,在育婴堂看到尼姑并不稀奇。樱香只是觉得,这次来的尼姑比平时的要年长些。

尼姑一直温柔地微笑着。樱香能感觉到,这个尼姑不仅脸上,浑身都散发着温暖柔和的气息。

"从今天开始,她就是你的母亲了。"院长老师对樱香说。

尼姑一边说着"请多关照",一边弯下腰来,握住了樱香的小手。樱香不记得自己当时说了什么,只记得之后不久,她就坐车来到了尊宫寺。车从热闹的街道上驶过,经过五重塔,又从黄色围墙断裂的大门处驶了进去。下车后,她的眼前矗立着大屋顶的本堂。此时的樱香,突然感到了一丝恐惧。

"这里就是尊宫寺了。以后,它就是你的家了。"尼姑用温柔的声音说道。

尊宫寺的生活比育婴堂更为安静平顺,教育却比育婴堂严格多了。早晚问候的礼仪是理所当然的,饭前还有长长的祈祷等。这一切对樱香来说,都从未经历过。她困惑的时候很多。渐渐地,她们还让樱香一起参加晨课、晚课。樱香从未想过,这样的生活是否辛苦,或者是否让人讨厌。从出生以来,樱香就不知道,要怎样过上随心所欲的生活。一直以来,她都是按照大人们设定的轨道,来度过每一天的。

在尊宫寺,有比樱香"母亲"更年老的尼姑,被称为"大德尼"。大德尼之下,是樱香"母亲"和另外三位尼姑。除此之外,还有每天来煮饭和清扫的大婶。

尊宫寺的建筑很有些年代了,史上也是有名的寺庙。渐渐地,樱香也知道了供奉在正殿的佛像是日本的国宝。虽然樱香并不知道"国宝"是什么意思。不过,樱香知道,有大量的观光客前来参拜,年轻的尼姑们会交替接待这些观光客。本堂后面有一小块蔬菜田。种植蔬菜是尼姑们的日常工作,年幼的樱香也会去帮忙。

樱香来到尊宫寺后,就开始学习经文。说是学习,因为还不识字,都是"母亲"说一句,樱香学一句。当然,樱香不可能懂得经文的意思。她最初学的经文是真言,也就是向菩萨请求时所说的"On Handomei Shindamani Jinbara Un"等语句的重复。晨课、晚课以大德尼为首,所有尼姑都整齐地坐着,念诵长长的经文时,樱香只要双手合十,听经便可。只有在咏唱真言时,樱香要和大人们一起咏唱。唯一让她感觉痛苦的是,早晨必须很早起床。不过,习惯后也就不觉得痛苦了。

不仅是这一件事,其他事也是如此。大人们怎么说,樱香就怎么做,基本处于完全服从状态。或者说,从生下来后,樱香就有了顺应周围环境的生存能力。或许由于这个原因,樱香幼小的心灵里,具有生活就该如此的乐观态度。尊宫寺的生活虽与育婴堂完全不同,樱香也毫无抵抗地接受了。虽然没有朋友难免寂寞,却并没有痛苦、悲哀这样的感觉。她还是认为,生活本该如此。

平时的生活和睡觉,樱香和"母亲"同居一个房间。晚上睡觉用的寝具都是她自己铺、自己收拾的。从小,樱香就被教导说,自己的事要自己做。虽然"母亲"的教育是严格的,樱香却在这样的严格中感觉到了温柔,因此并不觉得辛苦。

樱香经文学得很快。没多久,就完全记住了名为《舍利礼文》的比较简短的经文,之后又熟记了《般若心经》。当然，樱香还是不懂经文的意义。但模仿尼姑们的咏唱，她可以一字不差。对此，不仅"母亲"，大德尼也大吃一惊，又非常高兴。樱香对此，也很是得意；看到尼姑们那么高兴，她便更是高兴了。

尼姑们时不时会托钵外出修行，宽广的庵子一下子会空旷很多。这时，樱香会在庵内独自玩耍、摘摘野花，单是看着蚂蚁搬家或蝗虫跳跃，樱香都会很高兴。整座庵都有围墙围起来，不用担心会走到外面去。里面除了观光客，不会有入侵的坏人。庵子入口处有接受捐赠的设置，负责接待的女士会一直留意着到处游玩的樱香。

樱香六岁时，就开始了小学生活。虽然学校到尊宫寺，步行便可解决，但"母亲"还是每天开车，接送樱香上下学。这个习惯持续到樱香四年级。

上学后，樱香才知道她姓"日野西"。至此为止，在育婴堂，大家只是叫她"小樱香"而已。后来才知道，其实，"日野西"是大德尼的姓，樱香是作为大德尼的养女来到尊宫寺的。那么，樱香本家姓什么呢？一般人都会有这样的疑问。然而，樱香并不十分追究，还是一如既往地生活着。当时也好，直到很久以后，她对这样的事几乎毫不关心。

樱香在知道自己姓氏的同时，也知道了"母亲"的名字叫"秋山妙莲"。同时，她也被告知，"以后就叫我妙莲"。

在育婴堂习惯了集体生活的樱香，也没有任何抵抗地融入了学校生活。或者说，樱香顺应环境变化的性格，在这时也发挥了作用。

六年的小学生活，樱香是在尊宫寺与学校两点一线的单调中度过的。学校里，除了樱香，也有几个寺庙来的孩子。不过，只有樱香来自尼姑庵。在班上，自打有人知道樱香是被"领养的孩子"后，孩子们都会用特别的眼神看樱香。不过，樱香并未因此而遭受欺负或逗弄。

"将来，你也要当尼姑吗？"对男生的问题，樱香回答说，"不知道"。她心里可能会想，或许将来就是这样的吧。

"不知道"，是樱香的真实想法。虽然并不讨厌尼姑，但将来自己是否也要成为尼姑，她还没有决定。确切地说，樱香还根本没有考虑过自己的未来。虽然她也在学习经文，不过，妙莲却从未说过让她"将来成为尼姑"。樱香只是将生活地点从育婴堂转移到了尊宫寺而已，将来到底要干什么，这样具体的展望，樱香从来不做。

不过，樱香还是因为男生的提问开始想了。"将来还是会成为尼姑吧。"

就这样，顺应命运而生活的樱香，在小学高年级便开始有了自己是如何出生的疑问。每天听周围同学谈论父母、兄弟姊妹之间的事，不可避免地会想到自己的亲生父母——不是户籍上的大德尼、妙莲,她的亲生父母一定会在她不知道的某个地方生活。她也有这样朴素的疑问:为什么自己不能像其他孩子一样,和亲生父母在一起生活?

  不过,樱香将这样的疑问藏在心中,从不说出口。虽然还是一个孩子,她还是把这个当作忌讳,知道这是不能说的。也许,樱香已经领悟到,她一旦提出这个问题,就会令妙莲等人烦恼、伤心。

  同班同学与樱香所处环境最大的不同在于,家里有无电视机。樱香生活的育婴堂没有电视机,电视会给孩子们带来信息。但那些信息不知道也没关系,或许不知道更好。对此,尊宫寺也会是同样的想法吧。妨碍修行的愚蠢信息会毫无管制地从电视节目中播放出来。因此,尊宫寺就特意不去安装电视机了。

  由于这个原因,樱香大多数时候都无法参与小朋友间的会话。除了有关电视节目的话题,小朋友间也会常常谈论樱香不知道的世界。对于体育界、娱乐界的事情,樱香几乎没有任何相关知识。当小朋友因这些话题而热烈讨论的时候,樱香会根本插不上话。因而,她也一直觉得,自己要比这些孩子们差很多。

  然而,樱香的学业成绩却是非常突出的。或许有妙莲代替家庭教师的因素,也因为樱香没有受到无用的杂事、杂音的打扰,学习好可以说是当然的。尤其是语文,她的成绩异常地好。樱香熟读经文的同时,复杂的汉字也自然记住了。作文的时候，樱香不知不觉地就用上了学校还没有教过的汉字，常常让老师大吃一惊。

就这样，由常例看来，樱香有些怪异，却是在一步一步地健康成长着。

这样的樱香出现异常征兆，是在小学就要毕业、即将升入中学的时候，也就是春天才刚开始的季节。

从学校回来的路上，在看得到尊宫寺的地方，她与同学道别。这时，一位女士下车朝她走来，小心翼翼地询问道："你是——尊宫寺的樱香吗？"女士四十左右的年纪，是樱香从未见过的人。

"啊，我就是。"

"是嘛，你就是啊……"女士盯着樱香看了一会儿。当樱香避开视线、略微点头准备离开的时候，她又把她叫住了。"啊，请等等！那个，樱香，你姓什么？"

"姓日野西。"樱香觉得，她知道自己的名字却不知道姓，真是一个奇怪的人。不过，樱香还是回答了她的问题。

"是嘛，你就是啊……"女士又用同样的口吻说着，好似在叹息一样。

樱香再次迈步，这次没有被叫住。不过，她可以感觉得到女士投射在自己身上的视线。将要进门的时候，樱香转身朝她看了过去。果然，女士还站在那里，一直朝她这边注视着。想到她███一直这样盯着自己，樱香有些不快。

樱香将此事告诉了妙莲，一直都很稳重的妙莲脸上阴云密布。那一瞬间，樱香感到非常后悔。一直以来，樱香都认为，在学校遇到的所有事都该如实相告。但这一刻，樱香第一次知道，世上还有很多不说为好的事情在。

"那是谁呢？"妙莲像是盯着缥缈的远处似的，自言自语道。

那是谁呢？樱香心里也有同样的疑问。看到妙莲的表情时，没有任何理由地，她突然间涌出了不祥之事将要发生的预感。

庵中少女

1

浅见光彦接到了《旅行与历史》的总编藤田打来的电话。"浅见,要不要到奈良去啊?"

"是采访吗?"

"当然是采访了。"

"什么样的?"

"什么样的?浅见,奈良迁都已经一千三百年了,《旅行与历史》至今还未去奈良采访过。这怎么行呢?"

"我也知道迁都一千三百年纪念的事,不过,现在去不觉得晚了些吗?不管是周到的还是不周到的杂志,早就实施过全方位的采访了。现在再去,估计连草都没了。"

"像浅见这样的非专业人士才会如此想。与追求潮流的杂志风格不同的采访对象,不正是《旅行与历史》要看重的吗?"

"原来如此,不愧是总编!那么,要我去采访什么?"

"听说过正仓院①财宝盗窃事件吧?"

"什么……"浅见光彦大吃一惊,但立刻想起对方是藤田总编。"哈哈哈,那可真是件了不起的大事啊!"

"浅见,听口气,好像你不相信我啊!"

"啊,不!我没有这个意思。不过,正仓院财宝盗窃事件娱乐性太强,《旅行与历史》似乎不太适合吧。"

"所以,我才说你的口气中不相信的成分太露骨了。"

"啊,那是真的?"

"当然是真的。我什么时候说过不负责任的话了?"

浅见很想说,你不经常这样吗?不过,还是保持了沉默。

"正仓院财宝盗窃事件最早的记载见于平安后期②的《东大寺要录》,从为防止盗窃而安置了奴婢的记录中就可以看到。"

"平安时代啊……那不是古代的事?而且,还是预防盗

---

① 原为保管古代寺院财宝的仓库。位于奈良市东大寺内,是建于8世纪中期的木质建筑。由于其独特的校仓建筑样式,才完好地保存了长达千年以上的古代宝物。现由日本内阁管理。

② 平安后期:平安时代(794-1185年)的后期。

窃之类，事实上又没有发生盗窃。"

"说什么傻话！正因为发生了盗窃，才有必要采取预防措施。七十年前名为《春日社参记》的文书中记载了小偷：敕封仓库被烧穿了。犯人的名字、被捕时持有三十两白银之事都有记载。也就是说，他偷盗了价值至少三十两的财宝并变卖了。此后，有宽喜二年（西历1230年10月27日），小偷从失火的东大寺敕封仓库，也就是现在的正仓院中盗取宝物的记录，是在《东大寺要录》中看到的。犯人是和尚，首犯是名为元诠的东大寺和尚，是杀害上司实遍和尚的被通缉的凶手。"

"你知道得很详细啊，真令人吃惊。"浅见对他不禁有点儿信服了。

"哈哈哈，这算不了什么。江户时代①发生了更大规模的盗窃。东大寺塔中的福藏院、北林院、中澄院的三人共同策划，挖通了通向正仓院的隧道，从地下盗取了财宝。事情过去了一年八个月，从未被发现。到了最后，盗窃者还是被捕了。后来在猿泽池②畔，被关在笼子里刺死了。"

"真厉害！你这看上去就好像面前摆放有参考资料一样。"

"啊，是吗？能感觉到？真如你感觉到的，我是看了由水常雄写的《正仓院之谜》的参考文献的。"藤田爽快地坦白了。

---

① 西历1603–1868年。
② 奈良公园内的湖池。

"不管怎么说,这样偷盗正仓院的财宝,真是令人惊讶!这不仅发生在遥远的古代,就是在战后动荡时代,也是什么都听驻军的,当时有财宝流出而被偷偷变卖的事也不奇怪。就是现在,也无法断言说没有财宝流出。"

"怎么可能……不要说这样不负责任的话。如果真的报道了,可是大问题啊。"

"这是真的。确实不适合《旅行与历史》刊登。"他马上撤回之前亲口所说。这就是藤田的风格。

"那个,这次要浅见去采访的是尼姑庵。"

"尼姑庵……"从正仓院一下跳到尼姑庵,浅见有些跟不上藤田的思维。

"怎么样,意外吧?你不认为这是个独特的着眼点吗?"

"先不管是否独特,为什么是尼姑庵呢?与迁都一千三百年纪念有什么关联吗?"

"没有什么特别深的关系。不过,说真的,与和尚俗化相比,尼姑们诚挚的献身精神并不为世间所知。对我们这种信仰深厚的人来说,实在很不能令人满意。在缺乏精神支柱的现代,尼姑们的生活形态不正是有许多值得我们学习的地方吗?"

"原来如此……"

浅见对此很是钦佩。他搞不懂藤田这个典型的虚无主义者,为何可以讲出如此深刻的话语来?尤其是他说到所谓"信仰深厚的人",那是浅见与他长久以来的交往中从来不曾听闻过的。

"采访的宗旨我明白了。但是,要如何进行呢?"

"那种事……"藤田很是无奈。

"浅见你自己考虑吧。我也没有尼姑庵认识的人,主要是尼姑庵有种令人诚惶诚恐的感觉,让人不敢走近。"

"我也有同感啊。不仅是尼姑庵,任何寺庙、神社,我都无法轻松拜访。最多是投些小钱,参拜一下而已。"

"那你和一般人没什么区别啊。作为记者,连这种地方都不敢去,你怎么当啊?不管怎样,你赶快去奈良吧!车到山前必有路。"说完,藤田干脆挂了电话。

虽然浅见对藤田每次的强硬态度很是不满,不过对他所谓"作为记者"一类的指责,说实话,还是觉得有些受伤。正如藤田所说,浅见缺乏的确实是那样一种强硬态度。浅见总是左右观望,拿不定主意,即使知道要成为真正的记者这样是不行的,然而性格使然,无法改变。

不管怎样,对未知世界尼姑庵的取材,浅见不能说没有兴趣。他甚至都不知道尼姑庵与一般的寺庙有何区别,只知道住持是女性。

《广辞苑》①关于尼姑庵是如此记载的:那是比丘尼居住的寺庙,也称为尼屋、尼寺、比丘尼寺。

关于尼的记载略微详细:1. 出家进入佛门的女子。也称"尼姑"、"尼奉侍"、"尼僧"、"比丘尼"。2. "削发尼"的简称。3. 齐肩发的童女(室町时代②以来的称呼)。4. 对基督教修女的称呼。5. 谩骂女性的词语。

---

① 日本最有名的日文辞典之一,由岩波书店出版发行。
② 西历 1336 – 1576 年。

《日本宗教事典》关于尼的记载如下：指出家的女子，正式称呼为"比丘尼"。"尼"字的发音取自朝鲜语的 Ami，或出自梵语 Amuma 的变音。也称为"尼法师"、"大德尼"。通常都是削发、穿僧衣。未削发、削发在家的女子等在日本地位低下。

浅见对最后所说的"在日本地位低下"很是在意。像浅见这样的对尼的认识如此暧昧，也是"地位低下"的一种反映吧。就像藤田所说的"诚挚的献身精神"一样，不是可以轻率地进行漫画化的。

随着调查的深入，浅见对尼姑有了兴趣，随之也被义愤驱使。作为纠正现在这样混乱不堪的社会，为烦恼的女性带来一线光明的存在，让尼姑成为亮点的企划，浅见也认为合乎时宜。浅见想好了，趁着迁都一千三百年纪念的契机，对尼姑、尼姑庵来一番真实的描写。

正当浅见这样想着的时候，母亲雪江告诉他："我要去奈良。光彦，你和我一起去！"

"啊，这么急！有什么事吗？"浅见一边惊讶有如此好的机会，一边询问。

"去奈良又不是什么大不了的事。很久没有参拜大佛了，想去看看。哦，顺便再去尊宫寺参拜一下。"

"什么？是那间尊宫寺吗，尼姑庵的……"

浅见高兴得无语了。实在是运气好过头了，反倒感觉一点儿都不好。话又说回来，既然是母亲雪江的请求，对浅见来说却是求之不得。藤田总编没那么好心会预先支付旅费，搞不好还会说："浅见，开着你的 Soarer 去，不就行了？"不要说高速公路费，就连汽油费都有可能要自付。从这个角度来看，虽不能说雪江有多富有，不过一定会拿出比正常花销更多一点儿的费用。

但是，浅见对这次采访的主题几乎没有任何预备知识。这就有点问题了。浅见不得不着手开始调查。

模模糊糊有了些了解，详细调查后他才大吃一惊。尊宫寺居然由圣德太子创立，年代已是相当久远了。据说它是圣德太子为母亲穴穗部间人皇后而建的。创建于当时的迦蓝，则是可以媲美法隆寺的壮大。而本尊则是有名的国宝如意轮观世音菩萨，也被称为"半跏思维像"。

即便那样，又要有怎样的际遇才会成为尼姑的呢？浅见觉得不可思议。是否有什么异常痛苦且难以忍耐的事发生，所以只能遁身佛门，寻求寄托？

现在，日本每年有三万多自杀者。新型流感多了几位死者就会引起大骚乱。与之相比，政府应该更积极地考虑对策，采取预防措施才好，浅见是这样想的。对抱有趋死之心的烦恼女性来说，选择出家也是可以理解的。

当然，可能还有其他动机。很多僧侣出生在寺庙，被作为继承人培养。虽说这也是圣职，不过更多的是操持葬礼、超度亡灵，不过是做些与菩提寺①相符的职业。或许，运营宗教事务，尤其是运营教团组织需要承担各种工作的僧侣吧。

---

① 菩提寺：是代代皈依、埋葬祖先遗骨之所，也称为菩提所、菩提院。

与此相比，大多数尼僧都只是皈依（不管积极的还是消极的理由）佛门。或许，类似由作家皈依佛门的濑户内寂听大德尼那样，通过演讲等普度众生的尼姑也很多吧。

在至今从未考虑过尼姑是怎样一种存在的浅见心中，对尼姑的兴趣急速提升。撇开陪伴的母亲不说，浅见预感到奈良之行将会很不错。错开黄金周的混乱不堪，在新绿茂盛的季节，母子俩朝大和出发了。

2

不管什么时候来，奈良总是那么柔和。走在任何地方，感受到的尽是平和沉稳的气息。与京都一样，奈良也是寺庙集中的古都，却又不似京都，连神社、佛阁都充满了商魂。最热闹的东大寺和春日神社附近，都如田园诗画一般，置身其中，可令全身心得以放松。更不用说大神神社、箸墓古坟的山边道旁，还有当麻寺、二上山附近，一直氤氲着牧歌式的情调。

现在的奈良县生驹郡斑鸠町曾被称为"斑鸠之乡"。这斑鸠之乡可以说是随着圣德太子移宫、修建法隆寺而开拓出来的地区。以前是被富饶的自然环绕的田园地带，随着高度成长期的到来，它成了大阪的城镇，逐渐俗化了。不过，法隆寺周围，还是留有圣域的影子，令人着迷。

浅见母子参拜了慈光院，观赏了庭院里的杜鹃、夹竹桃。之后，又去了被称为"绣球花寺"的矢田寺（也称金刚山寺)。此时,未到开花季节。

　　差不多在约定的时间里,浅见母子前往目的地尊宫寺。向接待参拜的女士报上雪江的名字和来意后,立刻就有尼姑出来迎接。

　　尼姑的年龄很难推断,看上去比浅见要略大些。

　　尼姑用柔和的口吻说:"正在等候你们的到来。我是秋山妙莲。"

　　浅见大吃一惊。他不知雪江什么时候预约过,尤其是对雪江似乎与这座名刹的尼姑是朋友很感意外。不知是怎样的朋友?浅见没有时间问雪江。雪江理所当然地跟在妙莲尼姑的身后,往里边走去。

　　走过本堂时,雪江在台阶下双手合十,向如意轮观世音菩萨拜了一拜。浅见也依样行了礼。

　　"要参拜本尊吗?"妙莲问。尊宫寺的本尊就是有名的如意轮观世音菩萨,被称为"世界三大微笑(古老的微笑)"之一的半跏思维像。对它,浅见是非常想去参拜的。

　　"啊不,等一下!见过大德尼,再来参拜吧!"雪江完全无视儿子的想法,催促妙莲带路。

　　住持的居室只是普通的平房,给人一种古老民居的错觉。走过吱呀作响的走廊,来到了隔着中庭可以看见正殿后面的榻榻米房间。房间大约六个榻榻米①大。不大的壁龛墙上挂着一幅似乎录着禅语的卷轴。

　　妙莲一边拿出拜垫,一边对浅见说:"请随意坐。"浅

---

① 六个榻榻米:一个榻榻米约1.53平方米。六个榻榻米约为9.18平方米。

见还是规规矩矩地端坐在那里。虽然担心裤子会起皱，可如果盘腿坐的话，不知道雪江会说什么。而且，他几乎每天参与雪江的茶话会，也习惯了正坐。这个时候，那种坐姿可起作用了。

是掐着约定的时间来的，所以几乎没等太久，大德尼就登场了。

"欢迎来到本寺。"大德尼在门槛前郑重地行了礼后才进门。她背对着壁龛，坐了下来。与雪江相互打了招呼后，大德尼问："这位是令郎吗？"大德尼言辞之间满是京都贵族风范，说不出的优雅。

"是的，正是犬子。"

不说令郎，也没必要多加一"犬"字啊。浅见一边这样想，一边行礼道："我是光彦。"

"我是本寺的门迹①日野西光尊。关于您的事，我曾听妙莲说过。听说您在从事很了不起的工作啊。"说着，大德尼朝着候在走廊上的妙莲看了一眼。

怎么回事？妙莲知道我的事？浅见想。

"也不知道是否了不起，还不是够格的人。"雪江似乎打算彻底将浅见当作"犬子"来处理。

又是一阵对旧事的怀念。正当犬子感到有些无聊的时候，光尊转换了话题。"前些日子给您写过一封信。信中所言之事能拜托给您吗？"

---

① 门迹：是对由皇族或贵族担任住持的特定寺院或住持的称呼。

"那是当然的。正是因为如此,我才把犬子带来。不过,我什么也没有跟他说。我认为,还是由门迹您直接和他说,来得更好,也更能理解吧。"

对此,不仅浅见,光尊似乎也很是意外。

"那个,不经过本人同意也可以吗?"

"啊,完全可以。"雪江答道,神情诚挚。

"真的吗?"光尊以怀疑的神情,看向浅见。

浅见只能无奈地点着头说:"是的,我明白。"其实,浅见并非真的明白,不过为了配合雪江才这样说的。

"既然这样,那么就拜托你了。我不擅辞令,可能会有遗漏。还是让那边的妙莲来作说明吧。关于此事,就完全托付给妙莲了,还请多关照。在此期间,还要借用你母亲一下。"光尊一边站起来,一边朝雪江说,"请那边走。"

随着光尊与雪江的离去,妙莲走了进来。她背对着走廊,直接在榻榻米上坐了下来。

浅见递上垫子。妙莲说:"啊不,我一直都这样的。"拒绝了他的好意。

虽说是尼姑,可还是年龄相差不大的女性,浅见觉得房间里有一种使人不安的气氛。再看妙莲,她似乎并无任何不自在。

看浅见还是维持正坐的姿势,妙莲又一次对浅见说:"请随便坐。"

一味拒绝也是一种失礼,而且,浅见也感觉自己的腿快要麻痹了,因此,就势放松了坐姿。

"妙莲尼,您来此庵很久了吗?"浅见问。

"是的。我十五岁剃度以来，包括学生时代在内，一直在此接受关照。"

"哎，那么年轻的时候就……"听了她的话，浅见真的大吃一惊。剃度就是指削发出家。十五岁正是初中毕业的时候。浅见很想问那是几几年，却未曾出口。

"那是怎样的契机？怎样的理由？有怎样的经历？"

"哦，我从小时候起就打算，长大了要出家为尼。"

"是吗，从小就有这样的考虑啊，了不起。像我，到现在还什么信仰都没有，啪啪啦啪。"

"那个，啪啪啦啪是什么意思？"

"啊，那是指怎样教导都没有用的糟糕的人。"

"啊，怎么会……浅见先生可不是什么糟糕的人。否则的话，我这就会有麻烦了。在大德尼面前说浅见先生是值得信赖的了不起的人，因此推荐浅见先生来解决此事的人是我啊。"

"哈哈哈，了不起的人？那是妙莲尼您高估我了。"

"不，不是高估您。我从当麻寺为保和尚的女儿那里，也听了很多有关您的传闻。"

"哎，您与为保和尚认识啊。这可怎么好……"

浅见搔了搔头。在调查畝傍考古学研究所事件时，浅见长期借住在当麻寺塔头①之一的为保家。为保家有一位名叫有里的女大学生，有几次与浅见一起协助调查，当然偶尔也

---

① 塔头：日本高僧引退后居住的独立小院。

会拖一下后腿。浅见与有里的关系根本称不上恋爱，却多少有些酸甜苦辣的记忆。

"反正不会是什么好的传闻。"

"不是这样的。为保说，大家都赞扬浅见先生啊，说人聪明，礼仪好，连警察都解决不了的疑难，浅见先生却能轻松地搞定。"

"不，不，太夸张了！事实上，我也是绞尽脑汁，才好不容易破解的。"

"对，对，就是这样。说您这种谦逊优雅的风度，很是吸引人。"

浅见的脸越来越红，就转换了话题。"对了，大德尼要我做的是什么？"

"啊，是这样的。就像刚才所说，我从为保和尚那里听了您的传闻，才向大德尼推荐的。要拜托浅见先生来解决此事。"

"啊……这么说，是发生了什么事吗？"浅见无意识地观察着房间四周。在这个平和的僧堂里，他感觉不到任何不安的气息。

"现在还不知道算不算事件……"妙莲停顿了一下，好似在考虑该如何说。"本寺有位名叫樱香的初中一年级少女。她是大德尼的养女，将来也是本寺的重要继承人。"

"请等一下。您刚才说是养女？"

"是的。"

"请问，她与大德尼是什么关系，又是如何成为养女的？"

"没有任何关系。这件事还请您保密。"

"那是当然。我在这里看到的、听到的都绝对不会外传。"

"谢谢。正如您所知,大德尼没有后代。这在尼姑庵中并不少见,都从其他地方领养女孩来做继承人。樱香是育婴堂的孩子,没有亲人。听说她聪明又安静,所以就和大德尼说了。按照大德尼的希望办理了领养手续,至今已经七年了。"

"哦,是这样的。然后呢?"

"至今为止,没有任何问题。樱香也正如我们所认为的是个好孩子,顺利地成长至今。但是最近……确切地说,是两个月前,在樱香的周围发生了一些令人担心的事。"

一直小声说话的妙莲,将声音放得更低了。"我也是听她说的,实际上并没有看见。她说,有不认识的女子试图和她搭讪。"

"要绑架吗?"

"不,还没有那么严重。"

妙莲一只手在胸前左右摇着,将女子与樱香搭讪时的情形说给浅见听。她能叫出樱香的名字,却不知道她"日野西"的姓。对此,樱香自己也觉得奇怪。

"哦,很有判断力啊。"

"是啊,樱香是聪明的孩子。"

"对那个女子没有什么印象吗?"

"没有,完全是不认识的人。"

"啊,可能是我没有说清楚,我指的是妙莲尼您的想法。"

"那个……"妙莲白净的脸上浮上了红晕，明显地不好意思了。出家人不打诳语。她内心一定是这么想的。

"多少有些想法的吧。"

"是的，多少有……或许是这样也说不定。"

"是樱香的亲人吗？"

"或许……"

"还有其他什么征兆吗？"

"还有电话。"

"也是那位女子打来的吗？"

"不，是一个男人。而且，是打到樱香以前生活的育婴堂的。"

"是这样……"浅见彻底了解了。

"那可是发生在最近的事。是几天前的事吧？"

"您怎么知道的？"

"两个月前，樱香遇上女子的时候还没有什么危机感。然而，有了电话的事，就无法任其自然了。是这样的吗？"

"正是。事实上，大约十天前，育婴堂接到了一个奇怪男人打来的电话。电话是询问樱香信息的。育婴堂当然不会告诉他任何情况。可男人说：'大概的情形我都知道。那么，我直接和樱香说吧。'然后，就挂了电话。他的话怎么听，都带有威胁性。所以，育婴堂就和我们联系了。我将此事向大德尼汇报后，还是放心不下，看是否要与警察商量。但是，实际上没有发生什么事，也不想将樱香和寺内的事公开，很是犹豫。所以，我将浅见先生的事向大德尼说了，建议她和您商量。"

"但是，大德尼根本不知道我的底细，还真能将此事交给我办吗？"

"不是的。您不是那种我们不知底细的人。本寺与浅见先生的家，从您祖父那代开始就有交往。如果不是这样，光靠我的推荐，大德尼也不可能马上听信啊。"

"是这样的啊。"

浅见的家族，是代代出任内阁府官僚的大户。浅见父亲是当时大藏省①主计局长，可惜就在出任次官前突然去世了。祖父的具体情形不太清楚，据说也在大藏省中枢任职。浅见的兄长阳一郎是警事厅刑侦局长。她一定是知道了这些，才拜托自己的，浅见想。

"我明白了。既然您这样说，我就接受这个事件。但是，就目前来说，还不知道我能做些什么。之后，那个男人有来接触吗？"

"不知道是不是那个男人，我们收到了这个。"妙莲拿出了一封信。

信封上写着尊宫寺，没有寄信人。文字与其说涂鸦，还不如说是为了掩饰笔迹用左手写的。邮戳是奈良的。

"可以看看里面吗？"浅见询问过后，取出了信纸。

B5 的白纸上只写着一行字："不要让樱香出家！"

---

① 大藏省：现日本财务省。

3

"不要让樱香出家……这样啊。"浅见念出了声,反复琢磨。很短的一句话,或许是伪装笔迹的关系,浅见感觉到了恶意。

"是不希望樱香出家的人写的?"

"是这样的。"妙莲点了点头。

"您能想到理由吗?"

"完全想不到。"

"这封信是何时收到的?"

"大约五天前。我与大德尼商量后又考虑了两天,这才请浅见先生出面帮忙……"

"原来如此。"浅见很是吃惊。

雪江说"去奈良"是在三天前。也就是说,雪江在尊宫寺与他们商量过后就立即开始行动了。她有决断力是好事,可完全不考虑儿子的日程安排。真令人无奈!

"估计,这还是与樱香的出生有关。"

"啊,这样啊。"

"您知道樱香出生时的情形吗?"

"完全不知道。关于这一点,育婴堂也是同样无知。据育婴堂的人说,那是一个春天的早晨,院长在育婴堂门前发现了一个包在塑料布内的摇篮。一个才出生不多久的婴儿躺在里面。婴儿看到院长时笑了,院长也情不自禁地抱起了婴儿。摇篮和新生儿穿的衣服虽不是新的,但质地很好。摇篮里面除了放着"命名 樱香"的八裁白纸以外,没有任何表明身份的东西。"

"那些东西还在吗?"

"还在。从育婴堂拿来后,我们一直保管着。要看吗?"

"可以看吗?"

妙莲站了起来,"请这边走!"说着,她走出了房间。在走廊转了三个弯,从与居住部分相反的方向可以看见笨重的木头推拉门。那里是杂物间。房间面积很大,没有窗户,天花板上有四管荧光灯。房里泛起青白色的灯光,摆放着佛事、活动用的道具类。放在箱子里的藤制摇篮收藏在这个房间。

现在,市场上也有摇篮出售,藤制的摇篮就很少了。从带点儿茶色的颜色来看,摇篮已经有些年代了。

摇篮里是用包袱布包着的婴儿服。虽是旧物,但也能看出丝绸的质地。摇篮也好,婴儿服也好,可以感觉到樱香出生的是个富裕人家。或者说,这种人家至少曾经很富裕。

在那样的家庭里,弃婴的举动,很难想象是因为贫穷。

他从婴儿服的下面拿出写着"命名 樱香"的八裁纸来。字是楷体,是擅长书法的人写的。也能看出书写人是有很高教养的,或许并不年轻。

"为什么要舍弃呢?又不像是生活贫困的家庭。"浅见率直地说出了自己的感受。

"是啊,您说的没错。一定是有什么特别的原因。"妙莲带着对不得不舍弃孩子的原因表示理解的口吻。她真是一个心地善良的人。

"育婴堂不调查被舍弃孩子的身份吗?"

"当然会在警察署备案,不过,似乎不会调查身份。即使去医院、产房调查,结果也是不得而知。"

"不管怎么说,樱香的生父生母,至少是舍弃樱香的人知道这个育婴堂。或许,在暗地里注视着樱香的成长。或许因为事情有所变化,他们想要回樱香抚养也说不定。"

"我也在担心这一点。希望事情不会发展到不可收拾的地步。"

"如果樱香的生父生母来认领,樱香会如何?哦,我指的是在法律上。"

"那个,如果能证实他们是樱香的生父生母的话,根据他们的希望,樱香会回到他们的身边吧。如果这样的话,不仅大德尼会伤心,我也是无法忍受啊。"妙莲耸了一下肩膀,一脸的悲伤。

回到原来的房间,浅见和妙莲商量起善后的策略。说是善后策略,可只有这点儿信息,实在没有办法。

"目前只能等那个男人或女人再来接触。不然,就没有办法可想啊。"浅见理所当然地说出了自己的见解。

"只能这样,没有其他办法啊。"妙莲有些失望的样子。

或许,她期待浅见会有什么更好的办法吧。然而,正因为如此,浅见才更无法为了安慰她而随便说话,或随意承诺。

"有一点我搞不懂。"妙莲说,"先不管那位女子。从男人在电话那头的态度,真是让人感到忐忑不安。不知道他有什么目的，我总是觉得会有危险。"

"危险？您是指绑架什么的吗？"

"是啊。应该不会发生吧……为何我会如此不安？"

"樱香现在是中学生吧？"

"是的。今年春天开始上的中学。"

"她上学是步行吗？"

"走三十分钟到法隆寺车站，然后搭电车去奈良站，再换巴士到学校。"

"啊，好远啊！一定是私立学校吧？"

"是的。奈良俊英学园，是一所初高中一体的学校。在奈良是非常好的学校，据说学生的教养都很好。"

"那是有宗教色彩的学校吗？"

"不，是普通学校。"

"是嘛。我想问一个素朴的问题。要怎样才能成为尼僧？"

"那有很多种情形。有为了逃避而入佛门的；有如濑户内寂听尼那样的有名作家突然顿悟而入佛门的。比如我，初中毕业后立刻剃度，进爱知专门尼僧堂，也就是尼僧学校学习。之后进了驹泽大学，毕业后就来到这里了。"

"这就是所谓的成为尼僧最基本的道路吗？"

"也不能说是最基本的道路。路有各种各样的。这只能说是其中比较平凡的道路吧。"

"原来如此……其实，真的是偶然。之前，接受《旅行与历史》杂志社委托，要前来采访尼姑庵。刚好家母又命我去尊宫寺。那时，我还不知道有这些事情发生，只觉得天助我也。"浅见正直地说着，抓了抓头发。

"啊，不用客气，您接着采访啊。我知道的一定都会如实相告。您还可以听听大德尼的讲话，也是很有教益的。"

"刚才您提到爱知了。"

"是的。爱知专门尼僧堂。在名古屋。京都也有尼僧学校。不过，我出生在静冈县的沼津市，所以决定去爱知。"

"在那里修行几年啊？"

"四年。四年是很短的时间。受堂长青山俊董先生的教育，我对佛道有了一些基本的理解。有两年是在尼僧堂，再有两年是在特别尼僧堂，后去了驹泽大学。在大学自然学到了很多东西，然而集中学习佛教精髓的，还是在尼僧堂的那四年。"

"原来是这样的啊。多少有些了解了。像我，大学四年几乎无甚作为。文学系这种地方如果不是真心想要学习，是很容易堕落的。妙莲尼一定是佛学系的吧？"

"不是。不知为何，我也选择了文学系。大概希望能多学些东西吧。不过，进去后确实有很多令人失望的地方。我马上知道自己选错了科系。一句话，文学是游玩。我领悟到，真正的救赎只能来自宗教。"

"嗯，确实这样。我就是一个典型。当时的因果还延续至今，仍在过着浑浑噩噩的日子。到这个岁数了，还是个食客。"

"呵呵呵……食客啊……"妙莲用手掩着嘴，优雅地笑了。

"这是真的。所以，我无法违抗家母的命令。这次的奈良之行,也是家母至上的命令。当然,我也想趁机采访,所以也无法抱怨了……不过,我没想到有如此复杂的事情发生。"浅见从杂谈中回过神来,想到正事,神情也变得严肃起来。

"樱香初中毕业后也会剃度吗?"浅见问到了核心问题。

"是的,我和大德尼都是如此希望的。当然,这还要看她本人的意愿。至今为止,樱香对成为尼姑没有任何疑问,但不知道朋友会不会影响她,出入红尘之后她的心意是否会变。我在上大学的时候,因周围朋友的言论,就曾有过动摇呢。"

"哦,是什么样的原因?"

"那……跟您想象的差不多吧。"妙莲吞吞吐吐,笑得有些暧昧。

"还是二十左右的青春年华,周围男生又多。虽然已经是走上僧侣之路的人,却总是年轻人的学园生活。我也一样。剃度入学的尼僧也有十人左右,其中有八个因为与男生的恋爱而还俗。平时热心地讨论宗教、文学,可最后还是以'两人三脚一起走传道之路'、'开拓新的带发尼僧的领域'之类的宣言,还俗了。实际上,最后没有一个人实践了自己的宣言。"

"妙莲尼,您自身是怎样的呢?没有烦恼吗?对尼僧说这样的话,实在不太适宜。像您这样美丽的人,不可能没有男生追求。"

"呵呵呵,谢谢您的夸奖。正如您所说,也收到过情书,也有过迷惑的时期。马丁·路德与尼僧凯瑟琳结婚,一起促成了宗教改革。亲鸾上人也和惠信尼一边继续家庭生活，一边全身心投入信仰之路——这样的借口也准备了不少。但是，我领悟到，这些不过是将自己的欲望正当化的诡辩而已。释迦牟尼在菩提树下经受各种恶魔、欲望的诱惑，进入了大悟境地。与此相比，我认为这是坚定自己信念的一种历练。也许别人会认为我是一个怪人、木头人。不过，像我这样的人，一千人中，不，一万人中有一个，不是也挺好的吗？"

"真了不起！"浅见对她从心底里升起敬佩之意。与其说是欲望，不如说是本能更好。能抵抗青春年华的诱惑，坚持自己的信念，这绝对是木头人浅见做不到的。能做到的如妙莲尼所说，万人中也没有一个，实在是稀有的存在。

走廊里传来脚步声，年轻的尼姑来传话："大德尼请您去客厅。"又补充道，"樱香回来了。"

客厅是接待皇室、政治家等重要宾客的特别之处，不仅宽敞，还备有和洋合璧的豪华沙发。光尊和雪江坐在沙发上。光尊旁边站着一位穿着灰色马甲、藏青裙子校服的少女。少女看到浅见走进来，微微点了一下头。

好美丽的少女啊！

4

"妙莲已经将大致情形告诉你了吧？"光尊开口问道。

"是的，我都听说了。这位是樱香小姐吧？"

"是。樱香,这位是浅见女士的令郎——光彦先生。"

女孩听话地上前一步,郑重地向浅见行礼。"我是樱香。请多关照!"

"我是浅见。请多关照!"

浅见在回礼的同时想,樱香特别低沉的嗓音可真是耳顺啊。这不像是少女发出的声音,是那种有着穿透力和张力,却因为房间大小的关系有适度压抑的声音。大概是念经时无意识锻炼出来的发声法吧。

估计如妙莲所言,除了最初的女子与她有所接触外,育婴堂接到不明人士电话、收到恐吓信的事,樱香都还不知道。以后,不到万不得已,都没有将樱香卷入漩涡的必要。

"现在是初中一年级吧?"浅见说着无关痛痒的话题。

"是的。四月开始上的初中。"

"我上初中,已经是二十年前的事了。当时,东京的中学满是暴力,很多学生会与老师对抗。但是,奈良的中学好学生还是多吧?"

"也不是这样。我们学校还算安静。不过,其他学校调皮的学生也不少,听说老师都哭了。"

在东京,"调皮"是指精力旺盛、爱捉弄人的孩子,可在关西,"调皮"就带有小流氓的意思了。

"啊,这方面我也有经验。我会事先准备了很难的问题提问新来的女老师,结果把老师捉弄哭了。不过,我忘记做作业的时候也会受到惩罚,老师会要求将家母叫去学校。"

"光彦!"雪江的声音里露出了不快。"不要说这种无聊的话,还在大德尼面前。"

"对不起。"浅见耸了耸肩,向母亲和光尊低下了头。光尊优雅地笑了。

"对了,光彦,明天是星期天,请樱香小姐陪我们去参拜寺庙吧。当然是你开车。就这样了。"

"我没有问题。樱香小姐怎样?不是要做作业吗?"

"我不会忘记做作业,没关系的。"

"哈哈哈,你真行。"

大家就在这样平和的氛围中道别了。大德尼还有客人要接待。

在妙莲和樱香的带领下,浅见母子参拜了本尊半跏思维像。它的正式名称为:如意轮观世音菩萨。佛像完全看不出是用樟木雕刻的,而像铜像那样,有着细腻的光泽度,任何细微之处都被精心雕刻过。虽然是穿着衣服的,却给人裸像的视觉,有一种不可思议的光泽以及亲和感。

一般人只能参拜佛像的正面,妙莲却打开佛堂的后门,让浅见母子参观了佛像的另一面。佛像的背面也有着同样细腻的雕刻,如若凝脂的肌肤带着美丽的光泽。

佛像,说穿了不过是偶像。要成为人们崇敬的对象,当然需要具备一定的条件。半跏思维像充满了构思者、制作者心思,拥有美丽和尊严。她半睁半闭着眼睛,嘴角浮现柔和的微笑。右脚略微随意地搁在左膝上,右手食指和中指姿势优雅地贴在脸颊上,似在思考。看上去与其说是佛,还不如说是活生生的女性,更为确切。

会津八一有专门咏叹这尊半跏思维像的诗:佛祖的下颚与肘翼之间/放射出尼姑庵清晨依稀的晨光/惹人心儿陶

醉。①

　　浅见原本就是一个无神论者，并不会因为看了一尊佛像，信仰之心就苏醒了。然而，对半跏思维像，他一看之下，立刻就喜欢上了。如果自己是女性，说不定也会想要抱住佛脚。以前就听说有青年恋上了广隆寺的半跏思维像，此刻，浅见比较能够理解那个青年的心情了。

　　浅见母子向妙莲道了谢，又和樱香确认了第二天的行程后，告别了尊宫寺。他今晚将宿在奈良宾馆。虽然时间尚早，不仅雪江，就连浅见也因长时间驾车而感到疲劳了。

　　看见奈良宾馆屋顶的大型鱼尾装饰，自然会让人涌上一种满足感。啊，终于来到奈良了！可以在高级宾馆里好好放松一下了！

　　从设备、服务来说，东京、大阪、京都等也有很多一流宾馆。全球有名的外资高级连锁宾馆也不少。但是，入住奈良宾馆本身就能让人感觉到特别的意义，好像能感觉到被一千三百年的古都氛围拥抱似的。

　　奈良宾馆的一个卖点就是主餐厅。纯日式的格子天花板有着足够的高度，餐桌之间也隔着一定的距离。是一个既具有开放性又不失日式风格的餐厅，沉静的氛围令人安心。

　　"以前，我和你父亲来奈良的时候，就一直都是住在这里的。"在餐桌边坐好后，雪江感慨道。菜单也和当时几乎

---

　　① 佛祖的下颚与肘翼之间，放射出尼庵清晨依稀的晨光，惹人心儿陶醉。（原文为）御仏のあごをひじのあたりに、尼寺の朝の光がほのかに射して、心惹かれることだ。

一样。说来，浅见也注意到，确实没有什么变化。

"大化改新①以来，就没有变化过吧？"浅见玩笑道。

雪江也笑了起来。"为什么你总是能有这些奇怪的想法呢？"

就寝时间与母亲不同的浅见，在母亲睡下后，小心地敲着电脑键盘，写着稿子。他写到了今天窥探到的尼寺情景、尼僧们的部分生活等，还夹杂着自己的感想。

从妙莲那里听到的成为尼僧的道路，是他首次得知的信息。看来，他要尽快去名古屋和京都的尼僧学校采访，还要照顾到雪江的安排。他想，回东京时顺道去访问名古屋的爱知专门尼僧堂，该是可行的。

第二天十时，浅见母子去尊宫寺接樱香，然后，一道参拜奈良市内的寺庙。

樱香与昨天不同，脱下了校服，穿上了便服。与最近流行的花哨的奇装异服不同，樱香穿着藏青裙子和白色衬衣、明蓝色的毛衣。要说是校服，也不会有人怀疑。樱香提着据说是妙莲缝制的帆布小手袋。小手袋的盖上缝着一枚玫瑰胸针，是一个极漂亮的点缀。

他们首先参拜了兴福寺，进了国宝馆。对浅见来说，八部众的阿修罗像是他这次参观的重要目的。每次来奈良，浅见都会来这里，可每次都会有新的感动。三个脸，尤其是正

---

① 大化改新：公元645年在日本发生的社会政治变革运动。主要内容是废除豪族垄断政权的体制，向中国皇帝体制学习，成立古代中央集权国家。这成为日本历史上影响巨大的变革。

面的脸太好了。皱起的眉毛、睁开的眼睛，是那种似乎可以看到人心底的少年的视线。

"啊，看那张脸，和樱香很像啊！"浅见情不自禁地将自己的发现脱口说了出来。

"嗯，我有这么严肃吗？"樱香不满地说道。

"哈哈哈，像你这样皱眉的表情，就更像了。"虽说是玩笑，却是真的很相似。浅见大吃一惊。

"啊，糟了，要挨训了……"樱香慌忙之中放松了表情，嘴角浮现出了微笑。

"挨训？被谁？"

"妙莲，还有大德尼。"

"为什么要训你？"

"什么时候都要和颜悦色。"

"和颜悦色……"

一瞬之间，浅见无法理解，好在脑海里立刻浮现了"和颜悦色"的文字。

"是的。她们叮嘱过我，什么时候脸上都该保持柔和的微笑。"

"是啊，那可是很好的事。"仰望着阿修罗像的雪江，以痛切的口吻说道。

"大德尼讲话中最经常出现的词就是'和颜'。悲伤的时候、痛苦的时候、寂寞的时候，就回想本尊那柔和、宽恕、包容一切的微笑。自己也要努力做到如此。"

"原来如此。很好的言辞。是啊，原来半跏思维像中包含了如此的制作意图啊。"

"胡说什么？要说制作意图，怎么会有这种心思呢？其实，佛师只不过是将心中浮现的形象真实地雕刻出来了。结果，就形成了如此美丽的佛像了。"

"噢，是这样啊……不管怎样，这尊阿修罗像却是写实的。估计有模特存在吧。想到奈良时代，有长得与樱香相似的少女，也有如此生气的表情，就觉得不可思议。"

"啊，阿修罗是女人吗？"樱香提出了疑问。

"这个，大概不是的吧……"浅见也没有自信。

阿修罗是古代印度神族一员，因挑战天上各神而被认为是恶神。在佛教中，却是佛法的守护神。他喜好争斗，栖息在陆地和海底。不过，却没有确认是男还是女。

而眼前的阿修罗像看似女性，所以浅见自说自话地认为，她就是女性了。认真想来，阿修罗有着勇猛的气质，男神的可能性更大吧。还是说，神是没有区分男女的必要的。

之后，浅见一行又参拜了唐招提寺和药师寺。浅见喜欢静静地站在唐招提寺巨大的金堂列柱之间。

踩着大寺圆柱的月影，他思虑万千①。这时，人们肯定会要想起会津八一的这首诗来。要如何才能创作出如此美丽的诗？浅见也喜欢会津八一的另一首诗：小雨从伫立在奈良坡路边／夕日地藏的下颚流过／春天来临了②。

---

① 踩着大寺圆柱的月影，思虑万千。原文是：大寺の圆き柱の月影を土に踏みつつ物をこそ思え。

② 小雨从伫立在奈良坡路边夕日地藏的下颚流过，春天来临了。原文是：ならざかのいしのほとけのおとがひにこさめながるるはるはきにけり。

以前，浅见以此诗为契机，将与之有关的事件解决了。此后，浅见便深深地被奈良所吸引。

之后，浅见一行访问了净琉璃寺。参拜道的两边都是马醉树的篱笆。虽然已经过了开花的季节，朴素而温和的氛围依然吸引着人们，参拜者还是不少。

雪江感到有些累了，在参拜道边的茶坊休息。而浅见和樱香去寺庙圆池内散步。登上三重塔前面的坡道，站在不高的坡上，越过圆池，眺望正殿。

"可不可以问你一些私人问题？"浅见用悠闲的语调问道。

"我没有问题。我知道，浅见先生是为了我的事，特意来到这里的。"

"是嘛。不过，如果你不愿意的话，也可以不回答。"

"好的。"

"三月的时候，听说有位女士与你见过面了。"

"是的。"

"大家似乎都不知道她是谁。你也不认识吗？"

"是，我不认识。不过……"

"嗯……"

樱香停顿了一下，接着说："大德尼和妙莲或许也想到了。我有这样的感觉。"

"嗯。为什么会这样想？"

"浅见先生也知道吧，我不是大德尼亲生的孩子。"

"嗯，是的。"

"我是被扔掉的孩子。所以，如果我亲生的父母还活着，一定生活在什么地方。我不知道那位女士是否就是我的亲生母亲，但一定和我有某种关系。"

"呵，你是这样认为的？大德尼和妙莲尼知道吗？"

"这种话我可说不出来。那只能让大德尼悲伤而已。所以，也请浅见先生保密。我就当什么都不知道，照旧安安静静地生活。"

浅见非常吃惊，钦佩的话一时间说不出来。看上去可爱、随和、才上初中的少女，便可以如此分析身边的事情，就能为成年人着想了，又很是坚强。

"之后，那位女士没有再来吗？"

"没有。但是，我在学校附近，曾两次见到过可疑的男人。"

"嗯，是怎样的人？比如，大约几岁，穿什么样的服装？"

"年龄不太清楚。是比浅见先生要大很多的大叔。"

"哈哈哈，我也是不年轻的叔叔啊。"

"不是的。浅见先生像是大哥哥。"

"你是在表扬我，还是说我幼稚？"

"不是的。如果再说这样恶作剧的话，我就不理你了。"

"对不起，对不起。你那么直接说我像邻家的大哥哥，令人不好意思啊。不要再生气了。"

"那我说了。那个男人的服装像银行职员那样，很正规。不过，相貌不太好。"

"你清楚地看到他的脸了吗？"

"是的，很清楚。他站在巴士站附近，盯着我看。我坐在巴士里，也把他看得很清楚。他瘦瘦的，眉毛很粗，眼睛很大，很恐怖地盯着我看。"

"他有没有和你说话？"

"没有。我周围有朋友在，他不好接近吧。"

"这样的事有两次，是吗？第二次是什么时候？"

"大约一周前。"

"噢，一周前……这事妙莲尼知道吗？"

"不知道。我怕她担心，所以没有说。"

"原来如此。"

浅见又开始往前走。狭窄的人行道上，樱香跟在浅见后面。

"我也不知道该不该问你这个问题，樱香。你将来也要成为尼姑吗？"

这个问题似乎难倒樱香了。过了很长时间，她才回答道："大概是这样吧。"

"这样啊……包括这个问题在内，今天这里的会话，只有你知我知。我什么也没有听到，你什么也没有说。"

"好的。谢谢您。"

走出圆池，来到茶坊时，雪江刚好喝完甜酒。

爱知专门尼僧堂

1

午餐吃的是雪江提议的柿叶寿司。之后，他们根据樱香的愿望，去了西式点心店。柿叶寿司还好，西式点心店几乎都是女性顾客。浅见坐在那里，感觉很不自在。

"来寺里的顾客带的祭祀物品都是日式点心。或许大家认为，西式点心与寺庙不相配吧。因此，上街的时候，大多会来吃蛋糕。"樱香解释了自己想吃蛋糕的原因。

说来，浅见母子这次也是带着虎屋的羊羹作为祭品来的。羊羹的保质期长，而且什么时候吃口味都不会变。但是,以此为由带羊羹来的客人一定很多,说不定尊宫寺仓库里的羊羹都堆成了山。

就这样,不知不觉,已经是下午两点了。浅见母子将樱香送回尊宫寺,大家在门口告别。大德尼有一个会见,这会儿不在。妙莲向浅见母子不断地道谢,一直目送汽车开过街道转角。

"直接回东京的话,要深夜才到。不如在名古屋住一晚吧。"

当汽车驶入东名阪车道后,浅见向雪江提议。当然,浅见的目的是要去顺道拜访爱知专门尼僧堂。

"是啊,就这样吧。我也想再住一晚的。虽然不知道你在名古屋还有什么事,不过,就住在名古屋好了。"

不用猜,雪江立刻就明白了浅见的小心思。

浅见独自旅行的时候,一直住的是便宜的商务旅馆。可和母亲在一起,就不用担心钱包的事了。浅见决定入住名古屋车站大楼的高层宾馆。

"对了,光彦,尊宫寺的事情能解决吗?"

"老实说,就现有的信息来说,没法可想。"

昨天晚上,对于从妙莲那里听来的一切,浅见已经向雪江作了说明。当时,浅见就说过,这是一桩棘手的"事件"。然而,雪江还是认为,参拜寺庙的时候,或许能获得一些灵感也说不定。

"真糟糕!要怎么做才好呢?解决不了的话,可就糟了。"

"是啊,确实有些糟糕。不过,事态早晚会有些动向的。

敌人不可能从此就没有动静了。"

"动静？光彦，等有了动静，不就晚了吗？"

"不会是太激烈的动静啦。"

"你怎么知道？"

"直觉喽。"

"直觉？你呀，就是这样，每次都靠直觉。不过，还真给你解决了不少问题呢。最近上演的刑事侦查连续剧里，流行什么人物分析的警用科学调查法。你也要多学学。"

"啊，妈妈还看这种电视连续剧？"

浅见对此感到意外。更主要的意外在于，母亲对他的"侦探"工作有了一定的理解，也让他有些感动。

当晚，浅见在网上查询了关于爱知专门尼僧堂的资料。出乎意料，几乎没有什么信息可用。不知是因为没什么人感兴趣，还是因为是宗教设施而不便提供详细信息，总之，可见的全部内容只是简单介绍了尼僧的生活是从早晨四点的坐禅开始的。

不过，妙莲尼介绍的堂长——青山俊董的著作解读还是能够检索得到。青山俊董的著作共有二十部之多，让浅见大大地吃了一惊。这样的情形不知道尼僧是怎样称呼的，男僧的话就一定会被称为"杰僧"。

包括这个新发现在内，浅见连夜敲击键盘，为《旅行与历史》杂志赶写稿子。

第二天早晨十点多钟结账。雪江宣布，她要"自由行动"了。估计，她是要到什么地方消磨时间去吧。其实，这也是她对儿子"调查"工作的一种支持。他们约好中午在

"鳗鱼盖浇饭"的有名店铺会合后，浅见就出发去了爱知专门尼僧堂。

爱知专门尼僧堂位于名古屋市千种区，靠近日本唯一超越宗派的寺庙——觉王山日泰寺。而爱知专门尼僧堂也没有宗派，有志女性皆可敲开它的大门。

附近寺庙很多，爱知专门尼僧堂也在正法寺的境内。那里还有闲适的住宅区。依靠导航仪，浅见很快找到了目的地。狭窄的道路居然不是单向道，真是不可思议！浅见将车停在附近的停车场后，步行前往尼僧堂。正对着道路，带屋顶的雄伟山门边挂着"正法寺"和"爱知专门尼僧堂"的牌子。

山门下面站着两个男人，相貌有些狰狞。一瞬之间，浅见有了不好的预感。不过，他还是依然向山门走去。

"喂，等一下！"一个男人举起右手，做了个停止的动作。"去哪里？"

"啊，这里就是我的目的地。"

愚蠢的提问，同样是愚蠢的回答。

"去干什么？"

"那个……对不起，你是谁啊？"

"我是警察。"果然，男人说着，就从口袋里掏出了证章。

"是刑警啊。我是记者浅见。"浅见立刻掏出了名片。

"哼，是记者啊。来得好快啊！"刑警怀疑地说道。

"来得好快？什么意思？"

"还没有媒体知道呢。你从哪里听来的？"

随着说话声,刑警瞪起了眼睛。浅见立刻推断,这里肯定有什么事情发生了,警察的调查才刚开始。

"啊,那个信息源可不能说。"

"不过,目前只有警察和嫌疑人才知道信息哦。"

"确实如此。我也不可能是嫌疑人,信息源就可想而知了。"

刑警立刻显出听到了不该听的东西的神情。估计他们认定,警察内部泄漏了信息。

"先走一步。"浅见推开刑警,准备走进山门。

"啊,不能进!不能进!"两位刑警将浅见又推了出来。

"为什么?现场调查已经结束了吧?"

"没有现场调查。现场不在这里。"

确实,看不到调查人员的身影,而且除了眼前的两人外,也没有其他侦查人员的身影。就算刑警在里面,可没有配置制服警官。也就是说,事件是在其他地方发生的,现在该是在现场访问或调查认证。

"现场在哪里?"

"现场在名张……"刑警一边说,一边看着浅见的名片。突然,他好像注意到了什么。"啊,东京?你从东京特地来的?而且还如此快……不对……"

这时,又有两个男人走了过来。其中一人估计是上司。略微年长的男人一下就注意到了门前的情形,问道:"发生了什么事?"

与浅见说话的男人立刻将他拉到门内,小声报告着。他肯定会说,来了个可疑之人。那个像是上司的男人一边盯着浅见，一边听着汇报。之后，他"扛着肩膀"挺了过来。身高约一百七十公分，宽肩膀，有些像野猪那样的体型。脸很大，看着有些凶猛。

"你，是听谁说了来这里的？"男人突然发问。

"不是说了不能公开信息源嘛。"

"不行，一定要交代。这里的事，除了内部人员，还没有人知道。你却立刻就来了，不是很奇怪吗？只有嫌疑人和警察知道的信息，警察不可能泄露。所以说，你要么是嫌疑人，至少也是协同作案的。"

"很明快的三段论啊。只可惜错了。"

"行了。在这里争论是争不出什么名堂来的。你就跟我们走吧！"

"跟你们走……对不起，请问你是谁？"

"我是这个。"粗短的手指拿出了名片。

"三重县名张警察署刑侦科科长越智大辅"

"哦，科长亲自出动，看来是很重要的取证啊。"浅见胡乱推测着，却没有被否定。

"得看对方是什么人，可不能失礼……这都无所谓。不管怎么样，你跟我们走吧。"

"去哪里？"

"当然是去名张署了。"

"开什么玩笑！我正准备回东京呢。而且，我母亲也一起来了呢。"

"嗯，你母亲。那好吧，先去车里说明一下吧。"说着，他带头离开了。

浅见被夹在中间，前后各两人。虽然没有戴手铐，却也处于被押送状态。

走到大路上，路边停着一辆面包车。浅见被推上车，坐在了中间位置。

越智翻转椅子问道："你和你母亲来名古屋干什么？"

"我们这是从奈良回去的路上。其实，我正在写关于尼僧的报道。昨天在奈良的尼寺采访，今天打算到爱知专门尼僧堂听听关于准尼僧的事，所以就来了。"

"那你听谁说了这里发生的案件了？"

"那不是误解嘛。我根本就不知道什么案件。来了这里后，突然遭到警察问话，便推测该是发生了什么吧。这也算是记者的本性吧，坏习惯啊。对不起，我不过是猜测了一下，却猜中了。实际上，我什么都不知道。话说回来，到底是什么事件啊？而且，还要您亲自从名张来。肯定是大事件。如果是这样的话，该不是杀人事件吧？"

越智没有回答，反而皱起了鼻子。"你说你什么都不知道，不太可信啊。这也太神了吧？第一，关于事件，昨天的新闻已经报道了，今天的新闻也有报道，不可能不知道。不准撒谎。"

"我没有撒谎。对了，昨天晚上我一直在工作，没有看电视，也没有注意看报纸。先不管这个，事件归名张署管辖，却来名古屋取证——被害人是这里的吗？"

"这种事没有必要告诉你。"

"如你所说。不过，很奇怪。"

"什么？"

"既然是杀人事件的调查，可居然没有一个媒体记者来。"

"喂，喂，你不是说不知道什么杀人事件吗？"

"我是不知道啊。不过，根据目前的情况，我可以断定它是。而且，各个媒体都没有注意到这里，这是为什么？"

"没有义务要告诉你吧。而且，你还是东京出版社的人。况且你是《旅行与历史》的记者，与事件报道没什么关系吧。"

"确实，我们杂志社不报道这一类事件。不过，还是可以将报道卖给其他媒体啊。担任杀人事件调查的科长亲自来尼僧堂，这可是吸引人的话题。既然您不愿说，我就告诉熟识的记者，也能让他们得到信息。"浅见说着，就要准备下车了。

"等一下。如果媒体都来了，会给尼僧堂带来麻烦的。我们悄悄来这里，也是出于这种考虑。你也算是媒体人员了，该有这样的明智吧。"

"那么，就请您解释一下发生了什么事件。这样，就不会有媒体的人来了。"

"你现在有和警察谈条件的资格吗？"

"为什么没有？"

"哼，只要愿意，我们是可以逮捕你的。"

"那不可能。反过来，我可以告你们滥用职权。"

"哈哈哈——"越智苦笑了起来。

"你的口才很好啊。好吧，告诉你也可以。我们确实是为了发生在我们辖区内的事件来此取证调查的。"说着，他从口袋里拿出了从报纸上剪下来的报道。

2

"山中的男性尸体杀人事件?"

三重县名张市发生的事件是以上述标题予以报道的。死者年龄推定为四十至六十岁,范围挺大。

尸体是在名张市西北郊区的高冢山里发现的。高冢山标高只有五百米左右,在附近却是突出的存在。沿着山谷蜿蜒的农庄小道,包围在繁盛的草木中。越智摊开地图,解说着。

"这条路白天车流量不少,所以能很快发现尸体。尸体是卡车司机发现的。如果不是这样,估计不会那么快被发现的。"

被指认的地点从地图来看,与附近的分界线形成一个奇妙的形状。三重县名张市区与奈良县界像盲肠那样,有着细长的突出。盲肠突出的根部看上去似断非断,再往西北方向三公里左右,就是名张市,中央就由高冢山坐镇。

一般来说,像这样有着细长行政区域分界线的都是山谷河川地带。然而,这里却没有山谷河川。唯一有的是高冢山的分水岭,那就是分界线。

"好奇怪的形状啊!由此作分界线,有什么理由吗?"

浅见提出了问题,越智却不知道。这与调查也没什么关系。不过,越智没有提到现场的不方便之处。

"那里没有直通的路。无论从南面还是北面过去,都必须从奈良迂回才可到达。正如你所说，那里像是奈良县域。"

话是这样说，不过，最近的管辖者却是名张署。

"死因是什么？"

"头盖骨陷落，没有骨折。像是在斗殴中倒下，撞上了什么。"

"没有事故的可能性吗？"

"也有这种可能。不过，新闻也以醒目的标题报道了凶杀，警察也断定是杀人事件吧。而且，有两个事实让我们认为，可能是杀人事件。第一，他是如何来到现场的。死亡时间是在深夜。现场周围的道路没有路灯，很难想象，他会打着手电在黑暗中步行。因此，他是死后被运到这里的。至少是尸体遗弃事件。"

"身上有什么可以证明身份的东西吗？"

"几乎没有。这是第二个疑点。钱包、驾照、手机等所有显示身份的物品一样都没有。上衣也没有名字。口袋里唯一有的就是一张纸片，似乎是不经意留在里面的。"

"原来如此。那张纸片写着爱知专门尼僧堂啊。"

"是的。你不笨嘛。"越智赞赏道。

这种的推导，谁都能做到。浅见想。

"线索只有这些？"

"是的。"越智转过头去。他肯定还知道点儿什么，不过，他没有理由要全说出来。

"那么，尼僧堂的取证有收获吗？"

"没有。"越智立刻摇了摇头。"死者没有访问过尼僧堂的痕迹。这就是全部。"说着，他站了起来，做了一个像赶鸡一样的手势。

"请等一下！死者的照片总该有吧？"浅见努力核实死者身份。

"照片？有啊。所有调查员都携带了。如果无法知道死者身份的话，我们准备用蒙太奇手法制作生前照片，全国通缉……你要看吗？样子不好哦。"

"是的，我想看看。"

"真是个怪人。"越智打趣地拿出了照片，伸到浅见眼前。

想必在尼僧堂，他们也是这样给尼僧们传看照片的吧。照片似乎是从解剖台上拍的。死尸翻着白眼，歪着嘴巴，看上去让人挺恶心的。

一句话，死者属于瘦削型人，而且还是病态的瘦削。因为脸也瘦削，相对地，其他部分就显得很大。眉毛是异常的粗，耳朵也大，当然眼睛也大。

啊——浅见差点儿叫出声来。看着死者的照片，浅见想起了樱香说的话——瘦削、粗眉毛、大眼睛、喜欢盯着人看。

如果将照片上的白眼换上黑眼睛的话，就和樱香所说的男人相貌很一致了。

浅见为了调整情绪，就将脸转了开去。如此一来，在越智的眼中，浅见不过是个胆小鬼吧。就在这时，越智爽朗地笑了起来。

"这张照片也给尼姑们看了？"

"是啊。"

"她们肯定很吃惊吧？"

"也没有。反而很平静啊。比现在的你要好多了。到了那个年纪，尼姑的修行想必也不会太差的吧。她们仔细看了看照片，断言说没有见过此人。"

"是年长的吗？"

"大概有七十多岁了吧。不愧为堂长啊。"

"没有给其他年轻的尼僧们看吗？"

"没有。对外来的客人，尤其是男子，都是堂长接待的。年轻的尼僧，不过是学生，不能妨碍她们修行啊。"

"原来如此……"

那么，没有预约，突然前去采访，会不会不被理睬啊。浅见首先想到了这个问题。

假设照片上的男人与樱香所见到的是同一人，在他身上，发生了什么事呢？男人为什么会持有爱知专门尼僧堂的纸片呢？

给樱香所在育婴堂打电话的男子与给尊宫寺写信"不要让樱香出家"的是不是同一个人？是否就是照片中的男人？不过，同一人的可能性很大。访问尼僧堂的目的可以考虑是电话、信的延伸手段吧。也可能是在摸索樱香成为尼僧的道路吧。

"他到底是什么人呢？"浅见知道问也没用，不过还是问了。

"不清楚。"越智也感到困惑。

如果他们知道照片上的男人有可能是打电话、写信的人，一定会很高兴吧。浅见对于独享这些信息，竟觉得有些歉意了。

"那么，我可以享受无罪释放的权利了吧？"这次，浅见是真的站了起来。

越智并没有拘留他的理由。"如果需要，我们会去东京。到时，还要请你多多协助。"越智晃了晃浅见的名片，叮嘱着。

浅见紧赶慢赶，在约定时间内赶到了鳗鱼盖浇饭店。

雪江已经等了一会儿了。"哪有让长辈等候的？"雪江抱怨了一句，就走进了店里。

"这家店，阳一郎小的时候与你父亲来过两次。当时，你父亲是名古屋税务署署长。"雪江坐下后，深有感怀地环视着店内，说道。

浅见的兄长还是孩子的时候，浅见的父母不过只有二十多岁，比现在的浅见还要小五六岁吧。如此年轻，就已经是名古屋的税务署署长了，让他这个不肖的儿子感到无地自容。

"那么，你的调查有什么成果吗？"从怀旧的情绪中突然清醒过来了似的，雪江问着浅见。

"发生了很奇怪的事情。"

浅见将在尼僧堂前被刑警拦下的事作了说明。为了解释经过，浅见不得不将从妙莲和樱香那里听来的都说了出来。虽然他和樱香约定过，对谁也不说，不过既是自己的母亲，想来可以例外的吧。

"嗯，还发生了这种事啊。"雪江的表情也严肃起来。

鳗鱼盖浇饭也是鳗鱼盒饭的一种，不过将鳗鱼切成一口大小的样子做成的套餐。在东京比较珍稀,不过在名古屋以西,就是主流了。浅见第一次是在长崎县的谏早吃的。当时,浅见什么也不知道就走进店里,将菜单上的"鳗鱼盖浇饭"误看成"消磨时间"①。还以为是新奇料理,结果被店里的年轻女店员狠狠地嘲笑了一通。

"光彦,你怎么想的?"雪江停下筷子,问浅见,"那个死去的男人就是打电话和写信的人吗?"

"这个可能性很大。"

"如果这样的话,人也死了,是不是樱香就没有什么危险了?"

"不,刚好相反。恐怕又有一个人免不了一死。"

"为什么?"

"对樱香有兴趣的人不只是他。假设这次事件与那位女子有关,因为这不是一个女人可以完成的罪行,那么,她的背后肯定有其他人存在。不知道那些人的动机是什么。"

"那些人的目的是什么呢?"

"目的应该是樱香小姐吧。"

"要将樱香小姐如何?"

"估计有两种意志在动作。一个是保持现状;还有一个是夺回樱香吧。"

"夺回……好暴力啊。夺回,到底是什么意思?"

---

① "鳗鱼盖浇饭"误看成"消磨时间":日语原文为"ひつまぶし"和"ひまつぶし"。两个句型极为相似,容易误读。

"虽然以前将樱香扔掉了,现在不知什么原因,又想要回樱香了。"

"也就是说,是樱香的父母了?与樱香接触的女子应该是樱香的生母吧?"

"我倒不认为会如此单纯。如果是樱香生母的话,不需要使用夺回等如此强硬的手段。只要通过正规手续,自报姓名,就可以协商解决。可现在,对方采取的却不是通过和平交涉,而是采取暴力手段。"

浅见虽然在说着话,却没有停下筷子。吃完最后一粒米饭,喝了一口茶漱口后,他说:"我吃好了。"

"光彦的坏习惯是改不了了。一边说话呀,看书呀,一边吃饭,还能看电视。小的时候,老师常常说你上课的时候不知在想什么。现在还是这样。"雪江哀叹道,又开始进攻鳗鱼饭了。

与其说是要讲给母亲听,还不如说他是在整理信息。浅见继续说道:"这次的事件有什么背景呢?从常识来说,首先可以考虑的是与财产继承有关的问题。有谁已经去世,或正陷于死亡边缘,而有遗产继承权的又不只一个。在这种情形下,有正统继承人还好办,如果没有直系继承人就麻烦了。很有可能就会出现骨肉相残的局面。这时,登场的就是血缘关系最近的人,也就是樱香小姐。不知为何扔掉了的孩子,就算是庶子,从血缘来讲,还是最浓厚的。只要提出法律证据,就可以享受嫡子的待遇。那样的话,有一半遗产将归樱香小姐所有。对相关的人来说,那可不得了。不知道到底有多少遗产,不过可以肯定的是,他们会使用各种手段来达到目的，以致最终发生了杀人事件。"

雪江一边吃着鳗鱼饭，一边听儿子解说，突然嘟哝道："有些像小公子那样。"

白涅德的《小公子》是以英国为舞台的故事。贵族的嫡子因与美国女性结婚，被父亲赶出家门，在美国过着贫苦的生活。贵族的嫡子先死了，留下了妻子和儿子塞德里克。贵族年老后找到了孙子塞德里克，准备让他继承家业。不想，却出现了强有力的竞争者。

"真的。樱香小姐眼下的状况与塞德里克差不多。也就是说，想让樱香复归的势力与阻挡樱香复归的势力间发生了争斗，以后还不知会发生什么事。我预感，事情还没有完。"

"樱香被卷进这样的争斗中，不是很危险吗？"

"是啊。有什么无法预测的事发生也说不定。"

"你既知道这些，就不能采取些行动吗？"

"啊……"

不管说什么，目前浅见是根本做不了什么。最多就是多注意一点儿樱香身边的动静。

"我可不愿模棱两可。你要想想办法，将这件事解决了。"雪江果断地说着，喝了一口茶。"我乘新干线回去。你留在这里看看事情的发展，再注意一下樱香小姐的身边警戒。"

"那个，可我……还有《旅行与历史》的工作要做啊……"

"那个可以通过邮件解决的。而且，两三天内解决了事件，也不会影响你的工作。"

"两三天……"

这话要是让警察听到了，一定会被吓破胆的。不过，对可怕的母亲下的命令，浅见可不敢熟视无睹。

3

雪江真的将儿子留下，自己回东京去了。在名古屋车站前下车时，雪江从包里拿出印着银行名称的信封交给浅见。从到手的分量来看，信封内应该有十万日元以上。

"权当目前的经费吧。"

"不用担心，我还有信用卡。"

"说什么呢。反正你银行还剩多少钱，猜也猜得出来。如果不够支付卡费，你的母亲我和阳一郎都会蒙羞。"

她既抬出了兄长的名字，浅见无话可说。浅见对着远去的母亲，恭敬地行了一个大礼。

在返回奈良的途中，浅见给妙莲的手机打了一个电话，告诉她自己正在去奈良的途中。

只隔了一天，妙莲大吃一惊。"出什么事了？"

"事态有了急剧的变化，我认为还是直接和你商量比较好。"浅见简短地将发生在名张的杀人事件作了说明。

"其实，在樱香小姐的身边，早就有可疑的人出现过。樱香小姐怕妙莲尼担心，所以就没有告诉。而事件的受害者似乎就是那个可疑的人。"

"啊，出了这么恐怖的事啊！那孩子什么也不说……但是，这下樱香就没有危险了吧？"

"啊不，我认为刚好相反。如果受害者是那个男人的话，说明发生了需要杀人这样紧迫的事情了。"

"那么……我们该怎么做？"

"我就是为这件事，想和你商量的。妙莲尼方便吗？"

"我都在寺里。如果浅见先生来的话，我告诉大德尼，等你来。"

"那就麻烦你了。我大概傍晚能到。快要到时，我再和你联系。"

傍晚六时，浅见到达了尊宫寺。参拜如意轮观世音菩萨的时间已经过了，法隆寺梦殿一侧的客用门已经关闭。不过，相关人员有其他门可走。虽然不是山门，却是可以驾车通过。妙莲在门边等着浅见。

"如此的忙，还让您特地前来，真是对不起。"

"请不用介意。是我自愿的。"

"啊不，大德尼也是这样说的。今天，有皇族从东京来奈良，大德尼去了奈良宾馆，让我给您打个招呼。"

浅见被带到了上次的房间。年轻的清心为浅见端来了茶水。太阳快要落山了，夕阳透过庭院的树木，照射进来。

"太阳马上就要沉入生驹山去了。那时，斑鸠之乡就会突然沉寂下来。"妙莲平静地说道。

不知是否因为穿着黑色衣服的关系，还是因为考虑即将发生的事态，背光的妙莲看起来有些消沉。

"就算发生了杀人事件，也不用太担心了。"浅见安慰地说道。

"那个，有件事不知该不该讲……我有些担心。"

"是什么事？"

"樱香还没有回来，比平时晚了。"

"什么……"浅见条件反射似的看了看手表，已经六点二十分了。虽然不知道现在的初中什么时候下课，不过根据浅见的经验，不可能这么晚。当然，当时的浅见会参加文艺部的活动什么的，在外面玩了后再回家的，所以就没什么参考价值了。

"她平时几点到家？"浅见问道。

"因为有课外活动，时间不一样。不过，我告诉她，六点前要回来的。"

"路上花的时间长吗？"

"大概一个小时。"

"那么，如果前一班车没赶上的话，回来就要晚很多了。"

"是的，您说的对。刚才接到浅见先生的电话后，我就感到有些不安。"妙莲虽然说话慢悠悠，但内心的担忧比言语还能打动人心。这是她的习惯。

"樱香有手机吗？"

"没有。现在的孩子基本上都有手机了，不过，大德尼和我都认为她没有必要。"

"啊，我家也是如此。我家可怕的……不，我母亲也是同样主张。我也是最近才开始用手机的。"

"啊呀，我也是。为了办事比较方便才用手机的。不过，对孩子来说，大概是种很好的玩具吧。没什么用处，或者说害处还更大吧。樱香也知道道理,所以从不说想要。"

"是啊,她是个聪明的孩子。对事物都有自己的判断,想他人所想。真是令人钦佩。"

"樱香说了什么吗?"

"那倒没有。"浅见慌忙否认。虽然他不得不说了有关可疑男人的事,却记得在净琉璃寺与樱香的会话不能说,那可是秘密。

"看樱香的言行,就知道她是个好孩子。我在她这个年龄的时候,还真的是……"

"是啪啪啦啪的吗?"妙莲认真地用着浅见教的"新语"。她可能认为,"啪啪啦啪"是英语什么的外来语吧。

妙莲又看了一下手表,已经过了六点半了。这时,走廊里传来了清心的声音:"对不起,打扰一下。"一边说着,一边走了进来。那是和通常说的"失礼了"一样的意思。

"樱香小姐回来了。"

妙莲松了一口气,脸上露出了放心的神情。

"是嘛。那请她到这里来。"

"那个,她和客人在一起。"

"客人?哪位?"

"樱香小姐请妙莲尼到门口去一下。"

妙莲和浅见对视一下,站起来说:"我去去就来。"

不一会儿,清心又跑来叫浅见。"妙莲尼请浅见先生去一下。"

浅见吃了一惊,立刻朝大门走去。

夕阳渐渐沉落,黑暗开始包围大地。略暗的大门内,樱香和一位女士站在那里，而妙莲对着两人，端坐在横框上。

"啊，浅见先生！是这位女士救了樱香。"妙莲一边说，一边向身旁一位女士低头致谢。

"救了……怎么回事？樱香小姐出什么事了吗？"浅见惊讶地快速提着问题。

女子有些困惑道："也不是什么救了……"说着，两手在胸前左右摇摆着，试图否定什么。

女子的年龄大约五十岁不到。较短的直发、细长的脖子、瘦削的身材。几乎没有化妆，服装也是藏青的套装。这种类型的女子一般不会迎合潮流，过着的是平静的生活。

"我不过向小姐打了一声招呼。"女子说着，摊开手掌解释着，往后退了一步，一副立刻就要告辞的样子。

仔细看就会发现，此时，樱香站在女子背后，刚好挡住了她的去路。她回来后也不着急回房间，似乎就是为了切断女子的退路吧。

"因为您的行为，带来了好的结果。虽然不知道发生了什么事，还是非常感谢您。"浅见为了缓和一下生硬的氛围，故意用开朗的口吻说道，"如果方便的话，请到里面坐坐……啊，我也是外人。妙莲尼，请女士去里面坐坐吧！"

"刚才就请了，可她坚持要马上回去。"

"是这样啊。不能坐坐吗？"浅见一副对不起的神情，对女子说。

"将小姐送回来，我就安心了。我还有事，先走了。"

"那么，还请留下您的姓名。我是浅见。"浅见硬将名片递给了女子。

女子恭敬地接过名片说："啊，我都没有做什么，就不用留姓名了。"女子过分客气地说着，很是让人奇怪。

"不过，在这种情形下得到您的帮助，还请您留下姓名，改天正式致谢。最好再留下您的地址。"

"对不起，真的没什么……"女子顽固地坚持着。

"这样啊。也不好强迫您。等您有空的时候，还想听您说明。只要您打这个电话，我一定马上赶过去。"

"我知道了。那么，再见。"女子低头行礼告别。

樱香困惑地看着浅见。浅见微微点头，示意樱香放人。

浅见将女子送到门外。直到转过拐角前，女子几次转身行礼，身形多少有些落寞的感觉。

回到房间后，妙莲与樱香面对面地坐着。

"浅见先生来了，可以说说发生了什么事吗？"

樱香点了点头，道："是。"视线在天花板上游移，像是在整理思路。

"今天巴士晚点了，所以电车也坐晚了一班。上电车时，我注意到，有可疑的男人在看着我。我没有见过他，对他有一种讨厌的感觉，就对他视而不见。可不知道什么时候，那个人竟然来到我身旁，好像还想和我说话。好在我有朋友相伴，就没什么事。等我下车后独自一人的时候，那个人追了过来。差不多就要追上我了，我很害怕，正想跑开。刚才送我回来的女士突然走过来对我说：'回来啦！'就好像是在等着接我回家一样。那个男人见此就没有再追过来了。而那位女士一直将我送到门口。我想和妙莲谢谢她，可她一定要走，是我硬将她留在了门口。"

"这样啊……确实可以说，是她救了樱香小姐……那位女士跟你是第一次见面吗？"浅见问道。

"是的，从来没有见过她。"

"不是以前想与你搭讪的女人吗？"

"不是。"

"嗯……"

"那个——"妙莲插话进来，"到底发生了什么事？"

"问题是那个男人。樱香对那个男人有什么印象？你认为他要跟你说什么吗？你对他是什么样的感觉？"

"我也不清楚。感觉是要我去什么地方。"

"哦……"也许是变态？浅见很想问，不过看着如此纯洁的女孩，浅见不知道该如何开口。

然而，樱香说道："看上去不像是变态。"

浅见有些慌张。妙莲瞪大了眼睛。

"老师说过：'这个世界有变态的男人存在，大家要小心。'不过，那个男人却不给人这种感觉，他只是想要跟我说什么。"

"如果是这样的话，不是没有逃开的必要吗？"

"但是，不管什么目的，我都不喜欢跟陌生男人搭讪。"

"原来如此。这是正确的判断。"

"从明天开始，我们在法隆寺车站接送吧。"

"不用了。"

"不过，去到车站的途中，有些路很偏僻，还是小心为妙。"

"这样比较好。"浅见也表示赞成。

4

妙莲邀请浅见共进晚餐。不过,浅见还是婉谢了。不久,他就离开了尊宫寺。

浅见之所以谢辞晚餐,主要还是不习惯吃斋饭。他不仅身心根本没有修行,以蔬菜为主的饮食也是难以下咽。而且,寺庙里有正式的"餐桌礼仪",进餐前要先咏唱《对食五观》。

> 计功多少,量彼来处:反省自己做了多少功德,做了多少事,思量食物的来之不易。
>
> 忖己德行,全缺应供:反省自己的所作所为,是否可以承受这些供食。
>
> 防心离过,贪等为宗:要防止心念导致三种过失:对上等食物因其美味起贪心;对中等食物不起痴心;对下等食物不因不好吃而起嗔恨心。食物皆是众缘和合而成,故不应过度执著。
>
> 正事良药,为疗形枯:应将食物视为滋养四大假合肉身之药,不起贪着之心。
>
> 为成道业,因受此食:为了滋身修行,成就道业,所以食此食,藉假修真。

最后，再说一句"怀着欢喜、感谢、敬畏之心进食"，这才可以动筷。整个过程太辛苦了。

有了雪江给的资助，浅见的钱包就比较滋润了。不过，要说住奈良宾馆的话，还是太奢侈了。浅见找了一家便宜的商务宾馆住了进去。办完登记手续，将行李放好后，浅见又上街去了。走在黄昏的街上，浅见看见了一家吉野家，进去吃了碗牛肉饭。

浅见一直觉得奇怪，如此美味的食物却这么便宜，不知吉野家是如何运营的。吉野家牛肉饭的价格只有车站便当的一半，而且还提供场所和服务。对顾客来说，当然是越便宜越好，但反过来，一定是有人让利了。

看到服装以无法想象的便宜价格销售，浅见似乎能感觉到制衣人的悲哀。大甩卖竞争呀，只要便宜就好的风潮让世界变得更为奇怪。

然而，追求名牌的风潮现在还健在。人们成群结队在清仓甩卖店冲动地购买不必要的商品。顾客都集中到大型店、大甩卖店去，而地方都市车站前的商店街店门都关着。曾经充满朝气的日本商店街文化，不知何时就消失了。

浅见一边吃着便宜的牛肉饭，一边感叹社会的变化似乎有些奇怪。不过，浅见却有一种"我不入地狱谁入地狱"的自尊、自傲与自我担当。即使再没钱，他也不会对大甩卖假以援手。

就这样，浅见一边胡思乱想，一边在奈良的街上漫步。奈良似乎存在着好东西不贱卖的文化。大量的古坟、神社、寺庙、佛像，毫不做作地就在那里等着人们参拜。人们常说："大和是最优秀的。大和是最美丽的。"十年如一日，不，或许一千三百年间，时间就这样缓慢而平稳地流逝。浅见就这样傻傻地想着。突然，他意识到，原来自己就是如此铁杆的"奈良粉丝"。

回到宾馆，浅见泡完澡，自然而然地打开了电视。刚好在播九点前的地方新闻。屏幕突然出现的男人照片着实让浅见吃了一惊。很明显，那是在名古屋从越智警官那里看到照片上的男人。不过，电视画面上的照片是男人"活着"时候的照片。当然是参考尸体制成的蒙太奇照片。有眼睛，也有阴影，几乎可以以假乱真。

新闻还在报道："……正在查找核实在名张发现的男尸身份。如果您知道此人的话，请与最近的警察署联系。"

警察以这种形式，而且还是在这么早的阶段，就希望能尽快得到目击者信息，确实很少见。看来，警察为特定尸体的身份确认正在积极采取行动。同时，也证明警察到目前为止还没有找到线索。

浅见立刻给名张署打了电话。虽然已是晚上了，越智还在署内加班。浅见报上姓名后，对方说："是你啊！"语气有些粗暴，却让人感觉亲切。看来，他对浅见似乎没有不好的印象。

"刚才，我看见电视上的蒙太奇照片了。有没有什么信息？"

"还没有。才刚在各个电视台的新闻中播放……你看到的是什么台？"

"奈良台。"

"哦,你在奈良啊。不过,你也看到了吧。播放区域限定在名古屋和大阪地区。"

"那张蒙太奇照片很不错啊,就像活人一样。"

"那当然。请专门人员制作的。"

"那个,可不可以请你传一张照片给我?最好是用电子邮件传过来。"

"嗯?你认识?"

"没有。不过,我想给周围的朋友看看。不知道能否帮得上忙。"

"明白。既然你这样说,我马上传给你。"

浅见将电子邮箱地址告诉了越智后,挂了电话。然后,浅见又给妙莲打了电话。

"真的谢谢您!"电话里传来了妙莲明快的声音。

"看电视了吗?"

"什么?没有看。那个,寺里没有电视机。"

"是这样啊。"

这对浅见来说,是个盲点。电视会播放必要的信息,可也会播放恶俗的节目。后者对修行确实不好。不仅是无用,还会将人卷入红尘烦恼中去。

"是这样的。刚才,电视播放了名张市杀人事件受害人的照片。我再次认为,他与樱香所说人物的特征非常相像。我已经与名张署的警察联系过了,请他们将照片传过来。快的话今晚,最迟明天肯定能收到。我收到后就用邮件传给你,我的邮箱地址名片上有。"

不久，浅见就收到了妙莲的邮件。之后，越智的邮件也到了，蒙太奇照片作为附件，一起传了过来。浅见将照片转发给了妙莲尼。不过，应该要到明天早晨，樱香才会确认吧。

来奈良还不到三天，事态就有了如此大的变化。不管发生在名张的事件还是今天发生在樱香身上的事情，紧迫的状况让浅见有了切实的感受。

救了樱香的女子是什么人？袭击樱香的男人又有什么目的？女子与男人之间是什么关系？浅见的脑海中涌出了各种各样的疑问。

从常识来讲，这些事应该都和樱香的出生有关。虽然不可能如雪江所说，但也确实有点儿类似《小公子》的背景吧。

樱香到底是什么性格的孩子呢？浅见不禁浮想联翩。或许，樱香是大富豪的私生子，作为有力的遗产继承人突然浮出水面。而事实上，这是非常有可能的。如果是这样的话，那封"不要让樱香出家"的信就有可能是想通过樱香来掌握主导权的那些人写的吧。反过来，因为樱香的出现对自己不利的一派，一定会想方设法地对樱香的回家予以阻止。

从这个观点来看，今天"事件"里的男女，肯定属于利益冲突的双方。救了樱香的女子看似是好人，也可能希望樱香能就此出家也说不定。

反过来，男人则可能是希望樱香"复权"一方的人。不管"复权"是否是樱香希望的，不过从家中嫡庶攻防的意义上来说，他们算是正义一方吧。

那么，在名张被杀的男人属于哪方呢？

浅见原本想与平时一样，在电脑上写稿子，不过被各种乱七八糟的杂念占据脑海，一直无法集中精神。虽然还不到十一点，浅见还是选择放弃写作，躺在床上休息了。

看来，有必要追溯到樱香的家族，来构筑整个事件的框架。

登场人物首先是樱香，然后是樱香的母亲和父亲。

《小公子》中，父亲是被伯爵祖父废嫡的儿子。原因是他反抗伯爵的意志，执意与小公子的母亲结了婚。

现在的日本，完全没有可能因为这种理由被废嫡。所以，樱香被扔掉的理由得从其他方面找了。

估计樱香的母亲与男方无法正常结婚。不难想象，在这种关系中出生的樱香，对父母一方或对周围所有人来说，就是个负担了。可以认为，有人想将樱香出生这件事进行抹杀。

估计樱香是在父母以外的人都不赞同的情形下诞生的吧，但也不是完全不受祝福的存在。这从放在摇篮中的"命名　樱香"的纸上可以看出来。樱香不是临时想到的名字，而是对女孩的诞生充满希望、经过深思熟虑而起的美好名字。

然而，不管怎样，樱香还是无法逃避被扔掉的命运。是什么理由促使樱香不得不被抛弃呢？是樱香母亲因为贫穷，无法抚养孩子吗？还是在樱香母亲不知道的情形下，被周围什么人抛弃的呢……也可能单纯是现今的流行说法——放弃育儿。这个时代，儿童虐待、残杀儿童的案例也不少。

浅见觉得，樱香很是可怜。既知道自己是被抛弃的孩子，也知道要按大人们所想而生存。如果走错一步，即使是孩子，也很容易被求全责备。然而，樱香不仅没有反抗命运，反而还能站在大人们的立场考虑问题。那份坚韧，让人情不自禁地想为她做些什么。

再看妙莲和大德尼们背离世俗的生活方式，让浅见产生了一定要从那些讨厌而愚蠢的人群手里保护她们的觉悟。

桌上的手机发出了震动。浅见听到铃声后，眼前会条件反射地浮现出《旅行与历史》的藤田的脸。可手机上浮现的却是一个陌生号码。

浅见谨慎地没有报出自己的名字，只是简单地说了声"喂"。也有可能打错电话了，他想。

对方没有说话，电话也没有挂断。在安静的夜里，电话里传出的呼吸声是如此的清晰。

浅见也不说话，静静地等着对方开口。十秒、二十秒，然后，电话挂断了。通话时间显示为二十五秒。

手机里显示的"0599－25"为首的号码。电话是座机打来的。在浅见的记忆中，"05－"为首的号码是以静冈、山梨、爱知、岐阜、三重为中心的东海地区区号。估计"0599"是西面的三重县的区号。

这时，浅见立刻想到了傍晚时分来尊宫寺的女子。这个时间里打电话，还是无声电话，除了她以外，不会是别人。

这是怎么回事？她打电话是SOS吗？是的，除此以外，没有其他可能。浅见确定，她一定是通过这样的消极方法来发出 SOS 警报的。

  浅见盘腿坐在床上,盯着被黑暗包围的墙壁看。墙壁有些细小的龟裂。然而,浅见似乎能通过墙壁,看穿黑暗。

鸟羽的财阀

1

浅见知道了 0599 为首的电话号码属于三重县鸟羽、志摩地区。而 25 则是鸟羽市的局号。不过，再后面的号码却成了问题。可以伪装打错电话给这个号码打过去，以打听是谁家的电话，也不是不可能。但如此大众化的手段容易让对方心生怀疑。那位女子似乎并不想让浅见这样做。

考虑再三，浅见还是决定使用绝杀技。第二天早晨七点，赶在兄长还没有上班之前，他给兄长的手机打了电话。对浅见来说，平常日子里，这还是他的"好梦时分"。不过，在这样的情况下，他也不得不起床了的。

话筒里传来了阳一郎心情不太好的声音。"是光彦啊。这么早打电话来，很少见哦。有事吗？"

"有件事要拜托大哥。"

"我就知道你不会让我轻松的。不然，你是不会给我打电话的。"

"哈哈哈，对不起。"

"是什么样的事？"

"由电话号码能知道对方的身份吗？"

"那不行，那是违法的。"阳一郎一上来就拒绝了。

"我知道是违法的。不过，恐怕有紧急事情要发生。"

"不行。不管是什么理由，即使是光彦的请求也不行。想其他办法吧。"

"老妈的请求也不行吗？"

"老妈？什么意思？"

"这件事的委托者是老妈。详细情况你问老妈就知道了。不管怎么样，先将电话号码告诉你：9599－25－XXXX。"

浅见将电话号码重复了两遍，也不等阳一郎回话，就挂断了电话。浅见也不知道阳一郎有没有写下电话号码。不过，即使没有写下，号码也一定会储存在阳一郎的记忆里的。接下来就看兄长是否会对此有兴趣了。再则，就等着看母亲的威力大小了。

浅见下到餐厅去进早餐。刚到门口，手机就开始震动了。电话是妙莲打来的。

"昨天真是谢谢您了。今天早晨，将您传来的男性画像给樱香看了。"

"怎么样?"

"是那个男人,没有错。"

"果然如此……"

浅见有种预感正确的满足感,却不是他该高兴的时候。

"樱香还说了,'那个人已经去世了'。"

"啊……能看出来啊。光看那张画像,好像活着的时候一样啊。"

"是啊,我也是这样认为的。可那孩子能看出来。"

"不可思议啊。她是不是有什么特别的洞察力啊?"

"怎么可能……"

"不过,樱香很聪明,可能具备我们无法推测的才能也说不定哦。对了,今天早晨送她去车站了吗?"

"有的。送到法隆寺车站,没有什么事发生。也没有见到可疑人物。"

"那就好。"

"不过,我还是不放心。等放学的时候,我会再去接她的。"

"是啊。这几天最好都能接送。"

"那个,这几天就行了吗?"

"现在还说不准。不过,肯定不会拖很久的。我母亲还说,要在两三天内解决问题呢。"

"那好像不太可能吧。"

"确实不太可能。不过,我母亲就是这样不讲理的性格。"

"很严格的人啊。不过,这些都是为了我们才这样说的。真诚地感谢你们。"

妙莲一定在电话那一头低头行礼了。

浅见叮嘱妙莲,如果情况有什么变化,请立刻联系他。然后,就挂断了电话。

浅见告诉总台,需要续住。暂时不能回东京了,还是先写好《旅行与历史》的稿件比较好。浅见打算,上午就在房里写稿件了。

十一点半的时候,阳一郎打来了电话:"光彦,发生了什么事?"他直接发问。

"从老妈那里没有听到吗?"

"大致的情形听说了,不过还是没有搞明白。老妈让我详细情形问光彦。是不是关系到尊宫寺继承人的事情?"

"啊不,也许将来有这可能。不过,目前不是尊宫寺的问题。可以认为,这是与尊宫寺的养女,一个叫樱香的少女出身有关的问题。现在还不清楚,我的直感是,关系人之间方发生了类似家族恩仇之类的事。"

"原来如此。"对精明的阳一郎来说,如此含糊的情形他也能立刻理解了。

"如此听来,大哥应该调查电话号码了。"

"是的,调查了。不过,是作为与杀人事件有关的特例合法调查的。"

"那,怎么样了?"

"啊……是啊……"阳一郎有些停顿。

浅见坚持等待。

"你，碰到棘手的东西了。"

"是对手不好的意思吗？"

"倒不是说对手不好，而是可能会很麻烦。"

"对麻烦，我已经有觉悟了。即使对方是黑社会的，也是不入虎穴，焉得虎子？"

"哈哈哈，虎穴？没有这么夸张啦。"

"那不就没问题了吗。不要吊我胃口了，快告诉我！"

"是鸟羽的财阀。"

"那么，是珍珠王御木本吗？"

"还不是。不过，也是仅次于御木本的望族了。拥有几家宾馆、度假场所，总资产算起来可能比御木本还高。公司名是'月馆企业'，资本金不过才四千万左右。从外表上看，不过是小公司，实际上却不得了。估计是以资产管理运营为主业的公司。属于宗族经营，当然股票是不上市的。会长是月馆正行。社长是月馆知美，女性。"

"哦，女性啊。"

"也没什么可吃惊的。现在女社长可是不少了。"

"会长和社长是父女关系吗？"

"是的。会长正行拥有代表权，不过在疗养中，实际业务都由女儿知美社长掌管。"

"那么，那个电话是公司的吗？"

"不是。是月馆家的电话号码。家里安装了四条电话线。这是其中一个号码。"

"家里……那么，她就可能是月馆知美了。"

"她是谁？喂，你见到月馆知美了？"

"啊，不知道是不是月馆知美，有位女子在尊宫寺出现过。电话号码估计是那个女子的。只是，她没有说话，就挂断了电话。"

"原来如此。因为那通电话，你就知道了号码。"

"大概……我将此作为SOS信号接收的。"

"没有根据，就不要恣意解释。"

"不是恣意的。我认为是必死者的悲鸣。"

"好了。不管怎么说，那位女子是月馆家内部的人这一点不会错。不过，就算你知道了，又能怎样呢？"

"先去鸟羽看了再说。"

"去了又怎样？"

"之后，就看对方如何出牌了。"

"不要做蠢事哦。不要忘记自己是浅见家的人。"

"我明白。不会乱来的。"浅见嘴上这样说着，心里却在想，那可是我无法保证的。

浅见立刻退了宾馆的房间。已经过了退房时间，前台服务员脸色不太好。不过，还没有整理房间，也就没有收取临时退房金了。

驾车经过名阪国道和伊势自动车道，浅见于下午三点到达鸟羽。

月馆家建在沿着朝熊岳山麓展开的山坡上，是个宏伟的大宅邸。到门口的斜坡也似乎都是私道，一路上没有任何标志。浅见装作迷路的样子来到门前，与迎宾馆相似的大门里面是茂盛的树木，看不到建筑物。真如兄长所说，即使到了这里，也确实不能怎样。

天然石材的巨大门柱上挂着"月馆"的门牌，边上是"月馆企业株式会社"的门牌。看来，住宅和公司是在一起的吧。正如兄长所说，这是以资产管理和运营为主业的公司。

　　两边的门柱上安装有摄像头，以监视形迹可疑的闯入者。浅见在门前掉转车头，快速下坡。

　　驾车进入国道的地方有家小店，看似有些年头了。招牌上写着"日式餐厅"。浅见对以鸟羽有名的海鲜类为主的日式料理中心有着很大的期待。不过，不知是因为时间不对，还是因为人气不够，店里没有客人。店员也已经休息了，只有好像是店长的大妈在看着电视，不耐烦地招呼说："欢迎光临。"

　　浅见从菜单中挑选了"烤鱼套餐"。浅见从大妈拿来的陶土罐中倒了茶，茶已经很淡了。厨房里飘来烤鱼的香味。不一会儿，大妈就端来了套餐。是盐烤中份石斑鱼，味道很不错。

　　浅见差不多吃到一半的时候，从厨房出来一位比大妈要年轻些的女子。女子穿过店堂，向浅见轻声打了个招呼后对大妈说："拜托了！"

　　大妈说："去吧。不过，五点前要回来哦。"

　　一边吃着套餐，浅见一边打听着月馆家的事。

　　"刚才走错路，开到那边的坡道上去了。路的尽头有很大的宅邸，那是谁家？"

　　"那条道不能去。那是月馆家的私道。不可以走那条道的。"大妈无奈地说着。

"月馆家？"

"你不知道月馆家？你从外地来的吧？"

"是啊。我从东京来。"

"就是嘛。月馆家可是鸟羽最大的富豪。"

"啊，那里就是月馆财阀的宅邸啊。那个我知道。最近好像因为继承人的问题发生了争端。"

"啊，你知道这件事？"

"嗯，好像在哪本杂志上看到的。据说，现在的社长没有孩子，而会长的兄弟却有不少子孙。"

会话的后半部分都是浅见自己猜测的，却让大妈的眼睛瞪得溜圆。

"你知道得很多啊。这些事都是杂志上登载的吗？当地人都没几个知道的。"

"好像社长是女性。社长的父亲因为生病，正在疗养中。女性当社长是因为没有男性的兄弟吧？"

"是没有。真像你所说的，社长的叔父、堂兄弟很多。表面上看，宗族整体都在保护着公司，可真的有事时，却又会变得很复杂。会长还健在的时候，小姐当社长还没问题；如果去世的话，估计就会很困难了。"

"原来如此。叔父和堂兄弟们都是公司的干部。董事会上提出不信任案的话，社长可能就会被迫辞职。"

"好像是这样的。"

话说到这里的时候，大妈似乎意识到自己讲得太多了，开始反省道："详细的事我并不清楚。"说着，跑回厨房去了。

大妈的话很是暧昧，也不知道有多少可信性。不过，大致的经过还是清楚了。有一件事不清楚，像《小公子》里父亲那样的"公子"，月馆家是否也有。

浅见说着："谢谢您的款待。"叫出了大妈。

一边结账，浅见一边不经意地问道："据说，月馆家还有儿子的。"

"是啊。哼，杂志连这种事都登啊。调查得很清楚嘛。都是很久以前的事了。"

"儿子大概十年以前就去世了。"

"已经这么多年了。长得很帅，真是可惜……啊呀，糟糕！该干活了。多谢光临！"

大妈对饶舌的顾客有了警戒，终于想快些把他赶出去。

"附近有便宜的宾馆吗？"

"宾馆啊，鸟羽是观光地，宾馆都不怎么便宜。要便宜的，去松阪好了。松阪有商务宾馆。"

"这样啊。这主意不错。"浅见听取了大妈的意见。

性格开朗的大妈给了浅见各种各样的提示。尤其是月馆家公子的存在，对他来说，是很大的收获。母亲为什么必须抛弃樱香呢？还有，樱香母亲在哪里干什么？当然，她是否还活着也是个问题。

浅见又一次去看了月馆家的宅邸。宅邸依然森严和寂静，无人出入。浅见有些介意摄像头。除了门柱上的两台，其他地方也可能有隐藏的摄像头。

门边有对讲机，浅见没有勇气按。就算按了，他们也不会让他进去的。

浅见回到松阪，寻找住宿地。松阪的商务宾馆五千日元便可。一进房间，浅见立刻打开了电脑。不管何时何地，他都不得不写稿——苦命人的本性。

午餐吃得晚了，浅见八点以后才出去吃晚餐。松阪牛的招牌他看也不看，便吃了六百五十日元的拉面。虽然有了母亲的援助，钱包滋润了，不过因为借居者的身份，常常还是需要吃粗食的。饭后，浅见去咖啡馆喝了杯咖啡，将近深夜才回宾馆。然后，继续摇动他的"如椽大笔"。

2

浅见起床后打开电视，在播的是八点早间新闻：从目前的政局、持续的经济不景气等话题，到全球局势。但是，新闻的最后，浅见听到了令人吃惊的话题。

"昨天夜里，三重县鸟羽市的月馆正行先生家里，遭到了可疑人物的潜入，被佣人注意引起骚动。佣人在骚动中受到刀伤。昨天夜晚十一点三十分左右，月馆家的警报系统报警。保安人员赶至现场，入侵者已经逃跑。佣人七原圣子四十四岁，手受伤流血，没有生命危险。之后，警察找到了有人翻越围墙、从窗户潜入的痕迹。目前，警察正按以盗窃为目的的事件进行调查。昨天下午，安全摄像机拍摄到可疑人物出现在月馆家周围。警察正在调查此人与案件是否有关联。众所周知，月馆家是鸟羽有名的财阀……"

新闻还在播送，浅见已经吃惊到无话可说。在月馆家周围彷徨的可疑人士该不会是自己吧？这可是完全意想不到的灾难啊！

希望不要遇到麻烦——真是怕什么就来什么。

十点钟左右，浅见去前台准备结账。两个一看便知是刑警的男人从办公室出来，向浅见靠近。

"不好意思，打扰一下。请问，您是浅见先生吗？"

"是的。"

"我们是鸟羽警察署的。想问你些事，可以吗？"

"啊，可以。请先让我结完账。"

办理手续的过程中，刑警左右两边夹着浅见。浅见要输信用卡密码的时候，对刑警说："请回避！"

刑警尴尬地转过头去。

之后，一行人在休息室角落的椅子上坐了下来，重新开始了确定身份的提问。浅见怕麻烦，立刻递上名片和驾照。问到职业的时候，浅见回答说："自由撰稿人。"

"是媒体人员？"刑警脸上露出了一丝畏怯的表情。"首先，请说明一下昨天夜里在哪里？干什么？"

常规问题。语气比较公事公办，却让人无法感觉到善意。

"是指鸟羽的月馆家遭贼侵入的晚上十一点半吗？如果是这样的话，我在宾馆的三〇二号房。在电脑面前写稿。"

听到这样的回答，刑警有些尴尬，但又不能停止提问。"为什么你会知道这个案件？"

"看了电视新闻了。"

"原来如此……那么，昨天下午三点至四点的时候，你在月馆家周围彷徨、窥探，是什么目的？"

"啊不，没有窥探的意思啊。不过因为迷路进了私道。看到那么雄伟的宅邸，有些感叹地眺望而已。"

"但是，不可能迷路两次吧。肯定是事前踩点吧？"

"事前？什么事前？"

"当然是为了侵入宅邸了。"

"怎么可能……"愚蠢——浅见话到嘴边，又突然想起了什么。对，不能放弃这个机会。"确实，你要这么想，我也是没有办法的。我看了安全摄像机的位置。但是，你没有我侵入的证据啊。"

"现在就在搜集证据。"刑警的语气突然变了。

"不管怎样，你先跟我们走！你是开车来的吧？我们会帮你把车开过去，你坐警车吧。"

"真让人吃惊！直接拘留啊？"

"是啊，有很多细节需要核实，或许需要去现场也说不定。不过，不会铐你。"

当然了！浅见心里想。如果去现场的话，最好不要说直接跟着去就好。

反正，浅见也打算再去一次鸟羽。无标志警车还挺舒适，尤其是挂上警灯、打开警笛后的高速行驶，真是爽快。只有一点让浅见很是担心，就是担心自己的爱车会不会受损。

进了鸟羽署之后，浅见直接被带到了审讯室。刑警首次公开了自己的姓名。两人中年长的叫土田敦志，是刑侦部长。他指着年轻刑警简单介绍道："他是伊藤。"

询问几乎都是土田负责的，伊藤为之后的调查报告而做着记录。

还是常规的身份确认、去月馆家的目的等问题的反复问讯。不管如何提问，浅见的回答还是一样的。不知道那是私道，迷路才开了进去。因为是豪宅，问了餐厅大妈才知道那是鸟羽最大的财阀月馆家，所以又去看了一次。警察知道浅见去了松阪的宾馆，肯定是从餐厅大妈那里听来的。安全摄像机拍下了车型、车牌，那一部分是无法撒谎的。

关于不在场证明，浅见根本无法自证。那间宾馆即使深夜也开着门。浅见根本不知道此事，但也无法否定可以自由出入。

"宾馆不是有安全摄像机？调查一下不就知道了？"

"安全摄像机也有死角，可以不被发现地出入。"

你这样说，他那样解释。浅见由以往的经验也知道，一旦被警察盯上了，你根本没法逃掉。可土田的问题却是愚蠢而又冗长的居多。

审讯室正面的墙上嵌着镜子。那是魔术镜，可以从外面清楚地看到里面的情形。这时，正好有刑警走进审讯室，附在土田的耳边说："没有错。"

"是你干的吧？"土田突然盛气凌人地说道。

"目击者这样说的吗？"

"是的。不仅目击者，受害人也是如此作证的。你眉间有道小伤痕，所以不会错的。"

浅见吃惊地用手抚摸了一下额头。确实，他的眉间有小时候摔跤留下的伤痕。不过，如果不是靠得很近，人们根本不会注意到。伤疤不过略微有些隆起而已。

"是在那边指认吧?"浅见指着魔术镜,抗议道。

"并非如此。不是在这里,而是在案件发生后指认的。如果没有看到嫌疑人,证人是不可能如此说的。"

"真的吗?"

"是的。警察是不会撒谎的。"

浅见真想说：这才是大谎话。可惜不是开玩笑的时候。先不说目击者证词的可信性,小伤痕对警察来说,却是"不可动摇的证据"。这下可能会发展成最坏事态——果然按浅见害怕的方向在发展。

"在逮捕令下来前先拘留。将所持物品拿出来吧!"

土田宣布后,将浅见带到了拘留处。整个包,衣服口袋里的钱包、笔记本、名片包、手机以及皮带,全部被搜走了。他完全是被当作嫌疑人了。

拘留所不是嫌疑人久呆的地方,设施非常简单。不过,如果放松的话,拘留所也不算太坏。尤其是很安静这一点,就很不错。要是有电脑的话,完全可以在此工作了。

不久,伊藤刑警来带浅见,又回到了审讯室。桌子对面,土田已经等着了。

"看了你手机的通话记录,好像手机使用频率不高啊。"

"这没有关系吧。而且,没有征得主人同意,就翻看手机里的信息是违法的吧?"

"啊不,我们有权查看。因为嫌疑人有消灭证据的可能。我们也不过是确认通话对象而已。不过,来电显示中有我们感兴趣的东西啊。首先是月馆家的电话号码。这是怎么回事？"

"正如你看到的，如果是来电显示，那就表明是月馆家打来的电话啊。"

"哼——有趣啊。你不是说不知道月馆家吗？结果是知道的啊。撒谎可不好啊。是月馆家的什么人打来的电话？"

"不知道。是对方打来的。"

"话可不能乱说。没有什么事的话，自说自话打电话的只有推销员了。与月馆家内部的谁联系好了，然后侵入，是吧？警备严格的月馆家可不是那么好侵入的。共犯是谁？老实交代比较好啊。"

"原来如此。你们这样看的啊。还很尖锐啊。"

浅见有些佩服他们——故事还可以这样编造的。

"不过，很遗憾，你们的看法完全错了。没有这样的事实。就算有通话记录，也可能是打错电话了啊。"

"糊涂。打错电话的人是哪里的，又是谁啊？你又是如何知道的？为什么能够知道这是月馆家打来的？嗯？你无法说明了吧？"

浅见确实无法说明。如果说是从警事厅刑侦局长那里打听来的，那才会成为大问题啊。

"看吧，说不出来了吧。肯定有月馆家的内奸。"土田得意地挺起胸膛，看着记录着电话号码的纸片，说道，"另外，这个电话的秋山是谁？090……"

土田说的电话号码是妙莲的。

"那是我的朋友。"

"在哪里？地址？"

"地址是奈良。"

"奈良,很近啊。是与这次案件有关的同伙吗?"

"愚蠢……"

"愚蠢?什么是愚蠢?当我们警察是傻子啊?"

"我没有这个意思。不过,是这个问题太没意思了而已。"

"是不是没意思,确认一下不就知道了。"

"确认?你不会是真的要打这个电话吧。"

"没想好。如果有这个需要的话,可以考虑打一下。"

"不可以。不要打。会给对方添麻烦的。"

"麻烦?你说什么呢。站在被你伤害的被害者的立场来考虑一下,不光是麻烦,还受伤了。一个差错,可能会送命哦。"

"啊,不会这么厉害吧。"

"啊,万幸!伤势不重。不过,身心受到伤害,这是明显的事实。"

"虽然很可怜,不过,不是我干的。"

"你要否认,是吧?没关系,我们还是继续调查事实吧。那么,这个号码的阳一郎是谁?"

看来,警察打算调查他最近的全部通话记录。想想也是,浅见的通话对象总共就没几人。原本浅见就没有多少朋友,加上不到万不得已就不打电话的习惯。通话最多的是《旅行与历史》的藤田总编,之后就是与各个案件有关的人物。通话最少的是朋友之一,住在轻井泽的作家。很高兴接到警察电话的也就只有他了吧。反之,最糟糕的就是阳一郎了。

"是我兄长。"浅见悻悻地"坦白"了。

"真的？你有哥哥？"

"当然是真的。有兄长也没什么奇怪啊。而且，请绝对不要和我兄长联系。"

"为什么？联系了，有什么不好的吗？是共犯关系吧。"

"原来你是这么想的？也可以这样说吧。"浅见不留神地说。月馆家的事确实是阳一郎说的，也可以说是"共犯"吧。当然，浅见是带着玩笑意味说的，警察却当真了。果然，浅见刚想到这下糟糕了，土田就紧咬住不放。

"还是联系一下的好，从作为身份保证人的意义上。"

"这可不行。我现在还寄居在兄长家，不要给他添麻烦了。"

浅见慌乱起来了。不仅是兄长，如果母亲知道儿子被拘留了，不知道会有什么反应呢。

"不行，不行，绝对不行！"

听到浅见的惨叫，土田露出了满足的笑容。

"啊，你还是安安静静地呆着吧！"说完，土田对伊藤挥挥手，意思是要他把人带回去。

3

午饭时，浅见看到了似乎是从便利店买来的便当。虽然说有可能是嫌疑人，但警察对人权问题还是很注意的。不过这样一来，警察的经费该不会少吧。浅见为此觉得有些遗憾。

午饭后，浅见就被晾在了拘留室。这个季节气候不冷不热，拘留室内还挺舒服的。不知不觉中，浅见有些犯困了。

正当浅见迷迷糊糊的时候，有人在喊："你，出来！"

是伊藤刑警。"有人探视。"

"谁？"

"一个叫秋山的人。"

"啊？你们把秋山叫来了？"

"不是我们叫的。打电话联系后，她立刻就赶过来了。秋山是尼姑啊。"

"真是糟糕！所以，我叮嘱你们不要打电话的……"浅见抱怨道。

"是啊，好像有些麻烦啊。"伊藤率直地承认了。看到尼僧的身姿，警察也有些诚惶诚恐了。

到了审讯室，浅见就看到土田身旁的妙莲尼面色不安，在那里等着。

"这可怎么是好？事情怎么会变得如此严重？真是对不起！"妙莲双手合十，朝浅见行礼道歉。

浅见慌忙摇着双手，说："没什么。请不用放在心上！是我自己喜欢打扰这里的警察的。"

"啊呀，您还说得如此客气，让我更不好意思了。"妙莲双手合十，低下了头。

旁边的土田不高兴地开口道："秋山尼，你是尊宫寺的尼姑吧？让你从那么远的地方跑来这里，不好意思啊！浅见先生,如果你告诉我们的话,我们也不会打电话去啊……"土田把话说得非常快。

"没有,没有。多亏你们联络我!谢谢。如果不知道的话,浅见先生会更困惑的。"妙莲依然用相对缓慢的语速说道。

置身于尊宫寺,他犹似并无特别感觉。但此时,他却感觉妙莲似是生活在世外桃源。土田脸上也是很别扭的神情。

"秋山尼要担保你。不过,我们还有很多问题要问,不可能马上释放你。所以,还请秋山尼先回去。这样可以吗?"

"当然了。"浅见赶在妙莲开口之前,先作答了。

"不过,我还有些事要请秋山尼帮忙。可以让我们单独交流一会儿吗?"

刑警相互看了一下,没有办法,只能离开审讯室。

"这次的'事件',应该是那位曾经救助过樱香的女士设的陷阱。"

"陷阱……吗?"

"应该不会错。那位女士说她叫七原,可实际上是鸟羽月馆家的佣人。"

"月馆……我好像在哪里听到过这个名字……"妙莲歪头,在自己的手掌中比画着,却怎么也想不起来了。

"估计月馆家发生了什么麻烦事。七原费尽心机,要把我卷进这场骚动。因此,就有了此案的发生。她制造一个假象:有窃贼夜入月馆,还将她砍伤了……"

"什么?是这样啊!但是,为什么会认为浅见先生是嫌疑人呢?"

"是啊。这是我感到奇怪的地方。这实在是一个详细而周到的计划。首先,她打电话到我的手机上,但什么也不说就挂了。目的是在我的手机上留下月馆家的电话号码。这样,我肯定会想办法查出电话号码的主人。被人看透了这一点啊。果然,傻乎乎的我被诱来窥探月馆家,然后被安全摄像机拍了下来。到夜晚,好像被人侵入似的就发生了案件。"

"啊,但是,她不是受伤了吗?"

"当然是她自己把自己砍伤的。凶器估计是厨用菜刀什么的。警察在周围调查,也不可能发现凶器。而且,又在围墙、树丛、窗户上留下了好像被侵入的痕迹后,让警报器报警,最后打一一〇报警的吧。然后,就等着警察搜索并拘留我了。她还算计到了警察会带我去月馆家进行现场验证吧。而且,不知道是我好运还是歹运,我昨天宿在松阪的宾馆。那些信息,警察在月馆家附近的餐厅一调查就能得到。能算计到这种程度,真是厉害啊!果然,事情按此预测结果在发展。这就是为什么警察能在第一时间找到我的原因。事实上,七原算计到了这样的结果吧。"

"真是很坏的人……"

"哈哈哈,是个聪明的女子啊。"

"现在不是您感叹的时候啊。您都知道了对方的想法,为什么不跟警察声明自己的清白呢?"

"啊?为什么?对方好不容易算计好了,就这样向警察摊牌,对方的努力不是都白费了吗?"

"努力?那可是陷阱啊!"

"是的,是陷阱。将我和警察连在一起的陷阱。但问题是，为什么要选择像我这样的人？"

"那当然是因为浅见先生是名侦探啊。"

"我可不是什么名侦探哦。就算是这样，也不可能找上陌生的我啊。"

"一见就知道您是有担当的人，一定是这样。我也是这样认为的。"

"是这样的吗？我看上去像那样的人吗？"被女士如此赞扬，浅见有些害羞地抚着自己的脸。

"那个，浅见先生，那个女人设了如此的陷阱将浅见先生卷进来，目的是什么？"

"还不清楚。反正是为了解决月馆家那些乱七八糟的事这一点是没错的。"

"那个，乱七八糟的事，会不会是……"

"正如秋山尼想象的，我也认为，这与樱香小姐有点儿什么关系。"

"果然……那么，樱香是与月馆家有因缘的孩子吗？"

"现在就下结论还太早。不过，可能性很大。"

"浅见先生，之后您打算怎么做？"

"现在我还被拘留，只能看警察如何出牌了。估计我很快就会被带去月馆家做侵入案件的现场验证。这正是她想要的结果。不过，事态也可能发生变化。"

"怎样变化？"

"总之，我兄长的存在会暴露吧。我的手机里存有月馆家、秋山尼的电话号码，也存有兄长的号码。他们会去询问他的。"

"是哦。我现在似乎能想象,他们知道被拘留的嫌疑人是警事厅刑侦局长弟弟时的慌乱场景。"妙莲露出了与僧人不相称的调皮神情,笑了。

"呀,不是这样的。刑侦局长的弟弟被警察拘留这件事被媒体知道的话,可是丑闻了。警察会慌乱,我、兄长都将成为风口浪尖的人物。还有,在这之前,会不会牵连到尊宫寺,也令人担心啊!"

"啊,不用担心这种事。我已经和大德尼说过了。警察不放浅见先生,我就不回去。"

门开了,露出了土田的脸。"时间差不多了,还请秋山尼先行离开。"

"我明白了。那么,浅见先生,我暂时就住在鸟羽郊外的祥雪院尼姑庵。有什么事的话,请给我电话,我立刻就会赶来。"

她真是准备充分,连长期备战都计划好了。

妙莲走了,再开审讯。之前,警察进行了指纹、足迹等证据的比对。当然,现场留下的痕迹与浅见的都不一致。

总之,没有任何决定性证据是指向他的。有的只是摄像机里拍到的浅见的影像。现在,最主要的是,在下达问题上,浅见的说明不够充分,说服力不足。就算看到不常见的豪宅,也没人相信他会接连两次前往参观。

但是,因为七原圣子的目击证词,警察也无法释放浅见。浅见已经想到了这一点。警察也以"有逃亡及销毁证据的可能"为由,决定将浅见拘留一晚。

晚饭也是在审讯室里吃的。刑警的耐心很好,不过浅见也是没有倦意、没有松弛地应对着。不断重复提问同样的问题，浅见也不断重复回答。虽然无聊，却没有办法。而且，通过审讯，浅见也不断得到了月馆家的有关信息，也不是完全没有收获。

从阳一郎和日式餐厅的大妈那里得到的信息，再加上从刑警的问话中分析出来的，浅见大概知道了建筑物的内部构造。浅见已经初步认定，所谓盗窃不过是七原圣子自导自演的一出戏，因此，听了警察的话，整个陷阱就很清楚了。

晚上九点，审讯终于结束了。浅见累了，刑警的耐心也用完了。从浅见一贯的供述来看，刑警在心里认为，浅见应该是清白的。不过，有七原圣子的目击证词在，刑警也无法马上得出结论。

第二天早上八点，浅见用了早餐。九点，审讯再行开始，提问方与回答方都没有什么热情了。不知为什么，审讯完全由伊藤进行，土田根本没有露面。

十点多钟的时候，土田突然走了进来。不知道为什么，他一直"嘿嘿嘿"地笑着。

"浅见先生可真坏啊！您是浅见刑侦局长的弟弟吧？这种事，早说嘛。真是的……"土田的笑容有些扭曲，看上去很狰狞。

"你还是和我兄长联系了啊。"

"没有。还好，之前知道了这个事实。刚才，署里事务部的女士听到浅见光彦的名字后，把您给想起来了。英虞湾杀人案件发生时，您来过鸟羽署，还协助过警察的调查呢。我们跟刑侦科当时的竹林警官确认过……不管怎样，对不起了。"土田站着,鞠了一个三十度的躬。

"是这样啊。那就最好了。那个,还请千万对我兄长保密哦,拜托了。"

浅见也不落后,鞠了躬。伊藤刑警呆呆地张着嘴,说不出话来了。

不过,就这样无罪释放的话,浅见就达不到自己的目的了,七原圣子的苦心也就泡汤了。

"然而,让我难以理解的是,为什么核对相貌的女士会把我当成嫌疑人呢?"

"就是这一点。让我们意外的是,她说得很肯定。'就是他,没有错。'这就是这次浅见被错抓的根本原因。当然,我们也认为,像浅见先生这样帅气的人是不会被认错的。"

"怎么样,去一次月馆宅邸,再次让她确认,是否真的就是这张脸?发生案件时,我不认为现场会很明亮。请安排在当时相同的条件下,再让她确认一次吧。"

"啊,没必要那样做吧。您可以走了。"

"不过,我的气还没消呢。"

"我知道,我知道。您肯定不愉快。但是,对方也没有什么恶意。就原谅她了吧。而且,月馆家是鸟羽第一名门,我们警察也一直受到照顾,所以,也不希望事态恶化。"

"原来如此,是这样的关系啊。"

警察毫不怀疑七原的目击证词,单方面严加指责嫌疑人,是因为有此背景啊。警察在当地有势力的人面前抬不起头的时候并不少见。

不管不顾地去月馆家,看来是不行了。浅见开始死心了。然而，事态却在朝着意想不到的方向变化。

就在这时，传来了敲门声。伊藤打开门，一个穿着制服的男人走了进来。很明显，那是鸟羽署的署长。

"你好，浅见先生，我是鸟羽署署长青柳。"说着，他递上了名片。

"我刚听说浅见先生来了这里。局长的弟弟能来，是我们的荣幸啊。我可听过您作为名侦探光辉的事迹哦。以前，在我们署管辖的案件调查中，得到过您很大的帮助。今后也请多多关照。"青柳单方面饶舌道。

浅见还以为他这就算完了，不想他却继续说道："我刚刚接到月馆家家主的电话。她听说浅见先生还在这里逗留，务必请您立刻过去。"

也不是我喜欢"逗留"的——虽然浅见心里这样想，但他同时又觉得，逗留很值得的。毕竟，事态朝着他希望的方向在发展。然而，浅见也不知道到底是因为什么，心情变得有些糟糕起来。

4

去到月馆家的时候，青柳署长居然陪同前往。汽车由土田驾驶，伊藤坐在助手席上。交通科的巡查驾驶着浅见的 Soarer 在后面跟着，显得诚意十足。

或许是已经联系好了，月馆家的门洞开着，一个男人站在门边迎接。车开过灌木丛中迂回的小径，来到门口，一位女士正在那里等着。果然是救过樱香的女子。不管怎么说，在尊宫寺那么短促的见面后，居然记住了浅见额头的小伤痕，不得不说明她观察力超强。

"她就是七原圣子。"土田说道。

七原与下车来的客人打着招呼，却装作不认识浅见。浅见也装作不认识她。

只有青柳走进了建筑物。土田和伊藤都下了车，行了举手礼，目送着浅见和青柳往里走去。

和洋合璧的建筑物，外观是复古风格的洋馆，从门廊进入大门后是一个铺着大理石的大厅—玄关。与西式风格不同，大理石前面是一个有较低台阶的长条框，已经准备好拖鞋了。一位比七原更年长些的五十岁左右的气质女士迎了出来。她穿着淡淡珍珠色的连衣裙，戴着大粒珍珠的项链，整个人显得华丽而大方。

"欢迎光临。我是月馆知美。"她的声音略显沙哑。署长与她似乎很熟，立刻介绍了浅见。浅见使用了《旅行与历史》的名片。

进了玄关后，知美在前面带路，七原一行跟在后面。走在铺着红色地毯的走廊里，左转弯再右转弯后，天花板和墙上的装饰等处的日式风格渐渐明显起来。途中走过几个房间，房门上装着把手，看来都是洋式房间。

打开走廊尽头的房间门，那里是一个将近四十平米大的客厅。虽然是洋式房间，却氤氲着日式氛围。正面宽大的椅子上坐着一个老人，一旁站着一位半百男子。让浅见惊讶的是，妙莲站在老人背后，带着微笑在向浅见点头致意。

"我父亲月馆正行。"知美介绍了老人。"他的腰不好,只能坐着。失礼了!"

正行老人意欲阻止知美道歉,想要站起来。那位像是执事的男人支撑着老人的手臂,老人也只能半站起来而已。

"哈哈哈,我没有死成,就成了不自由的身子。年轻的时候太过嚣张,都是报应啊。"

老人看上去八十岁左右。确实,如果注意保养的话,应该会更健康些。或许,他还有糖尿病什么的慢性病也说不定。

"啊,请坐!"

除了七原,大家都围着大桌子坐了下来。这时,老人开口介绍站在一旁的男人道:"我的执事,荒井。因为我们家七原造成的误会,给浅见先生带来了麻烦,实在对不起。看在我这个老人的面子上,就原谅她吧。"

"哦,我并不介意。但是,到底是怎么回事?为什么秋山尼也会在这里?"浅见率直地说出了心中的疑问。

"这个问题还请妙莲尼自己说明吧!"正行转头看着妙莲。

"其实,我向大德尼汇报浅见先生在鸟羽署遇到麻烦时,提到了月馆家族。大德尼说她对月馆家族很是熟悉。据说从上代家主开始,尊宫寺一直受到照顾,是尊宫寺很看重的家族。然后,大德尼直接与月馆先生通了电话。之后,我就来此做了详细说明。"

妙莲解释的时候,正行老人几次满意地点头附和。

"事情就是这样的。觉得尊宫寺的客人应该不会做坏事,就询问了七原。知道她也无法说清楚事实，就给青柳署长打了电话。七原并不是有意要撒谎的。这样说或许不好，不过，她去了警察署很是紧张，多少有些迎合警察的意思。"

"原来如此。可以理解。啊，我并不在意。不过觉得也是很有趣的经验，七原女士请不要放在心上。"

听到浅见如此说，七原似乎很是诚惶诚恐地道歉道："真是对不起！"

如果这是演技的话，她可是非常了不起的。

"但是，看到嫌疑人的只有七原女士，也是今后解决案件的重要线索。等一下能请您给我说明一下嫌疑人的样子和当时的状况吗？"

"好的。"

两位佣人端着茶，走了进来，在桌上放下了红茶和蛋糕。

这两人再加上迎接的男人和执事，一定还有驾驶员，再有七原，不知道这个家里到底有多少佣人。浅见在考虑一些不相干的事。

然而，并没有其他亲人出现。

青柳署长喝完红茶，说："那我就先回去了。"说着，他站了起来。

月馆老人说："这样啊，那辛苦了！"他坐着点了点头，然后对浅见说，"还请您再留一下。"

当然，浅见也是如此打算的。

客厅里，只有正行、知美和荒井执事留了下来。加上妙莲和浅见，一共五人。七原走了出去。

"浅见先生，听妙莲说，你是侦探？"

房间里响起了正行嘶哑的嗓音。

"不是。我的职业是自由撰稿人……"

"啊，那件事也听说了。那不过是您隐居的伪装。就算那是您的正式职业，不过，如果请求您帮助，您也是不会拒绝的吧？"

"那个，我有那样的坏习惯是事实。"

"哈哈哈，那可不是坏事哦。对得到帮助的人来说，却是非常重要的。"

老人说完后，"呼——"地吐了一口气。随即，脖子有些垂了下来，看着很是辛苦。看来，这样长时间处于这种场合中，还是太勉强他了。

荒井附在老人耳边，轻轻地说："还是休息一下比较好……"

这种劝阻反而像是对正行老人的鼓励似的，老人抬起头来："请让我和浅见先生单独谈一谈。"

所有人都按照老人说的做了。妙莲双手合十后，离开了房间。荒井似乎很是担心，但正行老人像赶苍蝇似的挥了挥手，荒井只好无奈地离开了。

"请到我身边来！"正行老人朝浅见招了招手，小声地说。

浅见在老人身旁的椅子上坐了下来，竖起耳朵，等着老人开口。

"这个家里发生了麻烦。"正行说。

"是已经发生了的意思吗？还是即将发生的意思？"

"两种都有。"

"原来如此。这样看来,已经发生的是名张的杀人事件,对吗?"

"嗯……"老人锐利的目光盯着浅见,然后说道,"你,知道的啊。"

"是我猜的。"

"即使这样……警察还不知道呢。"

"调查,还没有扩展到这里啊。"

浅见有些意外。那就是说,还不知道那个男人的身份。又或许,完全没有与月馆家联系的线索。后者的可能性更大吧。

"被杀害的人是黑社会的吗?"

"不是黑社会的。不过,也差不多了。"

"是勒索者啊。而且是游手好闲的单干。既没有组织,知道的人不想卷入,自然不会有人出头。"

"……"老人脸上没有表情,却也没有否定。

"还请您原谅我的失礼。处分他,不会是会长的意向吧?"

"不是。"

"但是,会长知道此人……那么,是他主动接触的。"

"……"

关于是否是那人主动接触这一点,老人没有回答。即使不是老人自己下的命令,也可能是体察了老人的意思。或许,是自以为体察了老人意思的人暗中执行的。不管怎么说,除了正行老人,还有人不允许那个猖獗的男人存在。

"那个男人的目的是，趁着因财产继承、接班人等问题引起内部纷争的机会，想要得到什么好处吧。"

"哦……"老人抬起头，直直地看着浅见。

"你到底知道多少？"

"我什么也不知道。那都是我推测的。"

"是吗……为什么你能知道这么多呢？真是不可思议！"

"或许是因为机缘吧，也可以说是佛缘。"

"是佛缘啊……原来如此。"

老人似乎很欣赏这种说法。他脸上浮现了隐约的微笑，点了几次头。

"请允许我单刀直入地询问，如果有失礼的地方，还请多多包涵。"浅见爽快地说道。

"嗯……"老人脸上现出了警戒和期待交替的神情。"嗯，你说。"

"接班人问题的关键是您的孙女吧？"

"哦，你越来越让我惊讶了。如果不是知道浅见先生是怎样的出身，我一定会怀疑你的。既然你能这样说，那么，你该有什么线索吧？"

"这些也只是我的猜测。"

"仅凭猜测，就能说出这么多，很难令人相信。不过，没关系。我并没有说这些对还是不对。"

"这样就可以了。之前，之后，我见到的、听到的都将包裹在我的猜测的面纱之下。"

沉默在一老一少之间流淌。浅见不断推测老人现在在想什么，却无法知道老人沉默的意义。

"现在的社长——知美小姐没有结过婚吗？"

"没有。那孩子很是好强。小的时候都不知道她在想什么。她母亲去世早，等我发现没有男人找她的时候已经晚了，都是我的责任。不是我做父母的自夸，那孩子的脑子真是好使。在这个不景气的时代，公司没有倒闭都靠她接管及时、经营有方。不仅是我，谁都不得不向她低头啊。"老人有些为难地笑了。

"您的儿子是十三年前去世的吗？"浅见像是丢下炸弹似的，不经意地问道。

"什么……"老人的脸上首次浮现了厌恶感，似乎哪里痛得脸都扭曲了。"你怎么会知道我儿子的事？不要告诉我，这也是你的猜测。"

"正如你所说，我是这样猜测的。"在日式餐厅，浅见对大妈说是"十年以上"，对老人更是直接猜测说是"十三年"。

"我儿子……"老人的表情柔软了下来，"春行——"他改了称呼。"与知美不同，他是个软弱的孩子。说好听些，是个和善的人。他从来没有逆过我的意。然而，唯一一次逆了我的意，不想就这样死了。"

"啊，是自杀吗？"

"是的。因为家族面子的问题，对外说是病死，实际上是自杀。"

"原因是什么？"

"说极端一点，就是因结婚问题引起的。而造成这个原因的是我。因为有我这种顽固不化的父母，春行被夹在中间,完全失去了生活的勇气。他就是这样软弱的孩子。"老人好像一下子老了很多,整个身子完全向后,靠在椅子上。

"要叫荒井执事吗?"

"好的。"

"在这之前,还有一个问题。您知道春行先生喜欢的女士,也就是造成夹板的另一个原因的女士吗?"

"不知道……我不知道。"

"那么,您知道有这样的女士存在了?"

"嗯。"

"您是听谁说的?"

"七原。"

老人闭着眼睛,气息奄奄地嘟哝着。

浅见立刻站起来,走向门口。打开门,他可以看到走廊那边荒井的身姿。

他似乎感觉到了浅见的气息,立刻赶了过来。

伤心的人们

1

妙莲与七原圣子待在客厅过去两间的小客厅里。虽然只有四帖半左右的小房间，里面的装饰却更为精致。墙上随意装饰的一幅小尺寸的画，却是知名画家的作品。

妙莲被带到这里时只有一个人。不久，七原端来了茶道用具。虽然是简略样式的，可茶刷等还是很齐全。七原进来后，麻利地开始点茶。大家却能感觉到她有些心不在焉，也可以说是松了一口气。这一切，不知是否因为事态已按她希望的在发展。

"真是非常大的宅邸啊！"品了一次茶后，妙莲好像才发现似的感叹道，同时环视着房间。

"这样的房间到底有多少啊？"

"从来没有数过。不算上办公室的话……"七原掐指计算，"二十个，或许更多吧。"

"七原女士在这里有多久了？"

"已经二十五年以上了。"

"哇，这么久了……那个，您没有结婚吗？"

"我不喜欢父母介绍的对象。确切地说，我不喜欢结婚。曾想过还不如出家为尼更好……啊，对不起。"

"请不用在意。"

"刚好在那个时候，听说这里有工作，就决定来这里了。月馆家对我父母也有恩，所以他们也没有反对。"

"这么长的岁月中，发生在月馆家的各种事，您都一直看着的吧。应该有很多事情发生吧？"

"是的，有太多事了。"

"也有伤心事吧？"

"是的，很多伤心的事。"

"月馆先生，没有可以接班的儿子吗？"

"以前是有的。"

"那么，难道说去世了？"

"是的。"

"因病吗……还是……"

"是意外……可以这样说吧。完全没有想到。"

"啊……"妙莲倒吸了一口气。

从七原说话的语调中,妙莲明白了,月馆先生的儿子是自杀身亡的。而且,七原说到这里的时候,眼中浮上了一层水气。妙莲尼双手合十,不知道该说什么了,便只好什么都不说了。

"那个,还请原谅我问这样的事。七原女士救助樱香,我不认为是纯粹的偶然,您说呢?"

"正如您所说,因为某个原因,我一直在留神着樱香小姐的周围。"

"某个原因是指——"

"对不起,恕我无可奉告。"

"这样啊……浅见先生说月馆家发生了什么麻烦事,而且估计与樱香有什么关系。我知道七原女士想将浅见先生卷入这个纷争的计划。"

"果然……他什么都预料到了啊!"七原惊叹道。

"您以前就知道浅见先生吗?"

"是的,因某种原因。但是,在尊宫寺的玄关看到浅见先生出现时,实在是吃惊不小。我还想,不会这么巧吧。可又想,或许是佛的心意吧,便很是高兴了。"

"那完全是偶然吗?"

"是偶然。我完全没有想到,会在那里见到浅见先生,真是幸运。所以,我就想,有什么方法可以得到浅见先生的帮助呢?想来想去,虽然觉得有些对不起浅见先生,还是采取了类似欺骗的方法。"

"真的考虑周详啊!浅见先生对此也很是钦佩。但是,浅见先生什么都知道。我和他说,干脆将这件事告诉警察,就可以消除怀疑了。不过浅见先生说，好不容易骗到了警察，如果坦白了就没有什么意义了。我思考问题还是肤浅啊。他真是有趣的人。"

"是的，很聪明的人。"

"可是，您和浅见先生是什么时候、在哪里认识的？"

"啊，我们并不认识。估计浅见先生根本不记得我了。可能都没有注意到我们曾经见过面的。"

"还是很久以前，浅见先生曾去过阿儿町镇政府，现在是志摩市阿儿町。我生在阿儿町，一直到高中毕业，我都住在阿儿町。即使在这里工作后，偶尔也会去阿儿町。那天，我刚好去镇政府找认识的本桥。看到浅见先生在和本桥说话，我就没有打扰。浅见先生年纪比我小，却很有男子气，还很和善，所以我印象很深……就是这样。"

"啊？就只是这样，那为什么？"

"后来才知道，当时，本桥被卷入某个事件中，非常麻烦，全亏了浅见先生的帮助。那些事我都是听本桥讲的。因此，就更忘不了浅见先生的名字和面容了。所以在尊宫寺看到浅见先生时，我非常吃惊，也很慌乱。"

"啊，是这样啊。这样不可思议的偶遇，真的是佛的旨意吧！一定是！"

"我也是这样想的。以前，我不太相信佛呀，神的，过着没有信仰的人生。现在，我相信，世间是有佛恩和奇迹的。"

"既然这样与浅见先生偶遇了，为什么不直接告诉浅见先生，请他帮忙不是更好吗？"

"是的，我也想这样。将浅见先生骗来月馆的事……"七原似乎下不了决心，几次摇头后才说道，"在这之前，尊宫寺与浅见先生，或许说妙莲尼与浅见先生是什么关系？那时，浅见先生在尊宫寺是有什么事吗？我一直很在意这一点。"

"关于这一点，我还没有说。说来也是为了樱香的事。这个春天，发生了几件奇怪的事。一是樱香从学校回家的途中，有位女子接近樱香，并确认了樱香的名字。二是，以前樱香所在的育婴堂接到了男人的电话，在询问樱香的地址。当时，因为牵涉到隐私保护，所以没有告诉他。之后不久，尊宫寺就收到了无寄信人的信。里面写着"不要让樱香出家"的字样。那个，我失礼地问一声，关于这件事，七原，您知道吗？"

"不，不知道……"七原脸上露出了害怕的表情，慌忙否定了。

"那位女士是谁？写信的又是谁？信上的文字大概是用左手写的。您没有什么线索吗？"

"那个……没有，完全没有。"

妙莲感觉到，七原在回答的时候，曾有一刹那的犹豫。

"是吗……说实话，因为有这样的事，才请浅见先生来尊宫寺的。浅见先生很痛快地接受请求了。然而，那天夜里，他就知道了名张山中男人被杀害的事件。"

"唉，被杀害……"七原用右手遮住了嘴巴。

"是的，发生了杀人事件。问题是那个男人。我没有听说，不过，浅见先生听樱香说过有可疑男人在纠缠她。浅见先生注意到,那个男人的特征与被杀害的男人非常像。所以,已在归途的浅见先生立刻又赶回来了。这刚好是遇到您那天的事了。"

"……"七原的脸上再次露出了害怕的表情,没有说话。

"那么,我再问你一次,关于樱香,您能将您知道的都告诉我吗?"

"实在对不起,我什么也不能告诉您。"

"是吗……我,或许,春天时候和樱香讲话的女士就是樱香的母亲。不是她吗?"

"啊,不是。"七原否定得太快了,妙莲反而觉得奇怪。

"那个,那位女士,您认识?"

"不,不知道。"

"既然您不知道,那您为什么能那么快地否定?该不会,您是她母亲吧……"

"怎么可能?我怎么可能做那样的事……"七原现出了从未有过的慌乱,脸上出现了红晕。那是因为她不自觉地说了"那样的事",暗指男女关系,觉得不好意思吧。连妙莲尼都觉得,她们好似碰触了令人害羞的话题似的。

但是,能如此否定与樱香交谈的女士是她的母亲,便是有确凿的证据了。也就是说,七原对樱香母亲很熟悉,一定也知道她在哪里。

妙莲有些焦急。如果不是尼僧的话,或许她会说出"讲讲清楚"那样厉害的话。这种时候,浅见先生会说什么呢?妙莲有些痛恨自己的没用。

正这样想着的时候，妙莲突然意识到，七原刚才的狼狈还有更深的意义。因为同是女性，所以才能想通吧。

是啊，她恋着月馆家的少爷啊！

这样想的话，"我怎么可能会做那样的事……"如此强烈地否定的意义就清楚了。年轻时候就进了月馆家，崇拜少爷也不是什么不可思议的事。但是，如果是这样的话，樱香母亲对七原来说，就是情敌了。

妙莲觉得，自己似乎看到了月馆家内部复杂模样的一部分。既然是这样，七原为什么会去救助樱香呢？这又是一个谜。

樱香母亲是什么样的女性呢？现在又在哪里？七原真的知道吗？

"那个，我想问一个不礼貌的问题。你或许要骂我，也许会笑话我……"七原客气地问道，"妙莲尼年轻的时候……不过，您现在也比我年轻很多——您有恋爱的经验吗？"

"我作为女人，当然有为男人动心的时候。但是，走佛道的决心在此以上。不知不觉，就从这些杂念中解放出来了。说句不太中听的话，眺望野花，听听小鸟的鸣叫声，看看街道的风景、人们的生活比那还要更有趣。还有就是，努力做到释迦牟尼的教导。"

"那就好像是与释迦牟尼结婚了一样。"对七原的提问，妙莲只有苦笑。同样的问题，她以前也被问过很多次。世俗的人们似乎喜欢这样的形容。

"不，不是这样的。成为释迦牟尼的结婚对象，哪怕假想也从未有过。释迦牟尼是棵枝叶繁茂的大树,是座域野宽广的山,是无边无际的宇宙那样的存在。如果能有一天委身于如此广大的世界,那是最高的幸福。"

"呵,是那样的啊……"七原的眼神像少女那样朴素、纯净,认真地看着妙莲。

说得有些过分了吧!妙莲自我反省道。她的话中没有欺骗的成分,一切都是她的愿望。能这样说,却并不等于她已经悟出了什么。她到现在,还有用上邪心的时候,也不能完全舍弃五欲。这也是事实。

这个反省成了动力,妙莲下定决心说:"您恋上了月馆家的少爷了吧?"

"什么……"七原露出了超乎想象的反应,脸瞬间便红了。她吸了一口气,双手不停地揉搓着。

"啊不……像我这样的人恋爱……根本不可能!"

越否定,越能让人窥探到七原的"恋爱"之深广。妙莲认识到,七原谜一样的行为,全都源于此了。

2

浅见一敲门,里面立刻传来了应答声。

"来了!"七原开了门,妙莲也站起来迎接浅见。

浅见立刻察觉到,两位女性之间已经谈了不少了。七原正准备收拾点茶用具,浅见立刻阻止道:"啊,请先放着!我有话和您说!"

"好的。不过，我想给您端杯茶来。还请稍等片刻！"
七原干净利落地将点茶用具放在盘子里，走了出去。

浅见一边注意门口，一边对妙莲说："从会长那里听了不少有关少爷的事。他叫春行，十三年前，选择了不孝的方式去世了。"

"关于这件事，我听七原说了。据说是自杀。"

"哦，她还说了什么？"

妙莲将从七原那里听来的，一五一十都告诉了浅见。七原在阿儿町见过浅见这件事，浅见已完全没有印象了。

"据说，当时的浅见先生看起是个很可靠的人。在尊宫寺的玄关偶然见到浅见先生时，她很是吃惊。那个瞬间，她就决定了要请浅见先生帮忙，才想到了类似欺骗的方法。"妙莲带着调侃的语气说道。

浅见有些不好意思了。"是嘛。我不知道是该感谢，还是该生气……不过，人啊，真不知在哪里会被谁看见啊。以后更要多加小心。先不管这些了，请继续讲！"

妙莲的讲述里，浅见对"与樱香接触的女士或许就是樱香母亲"的推测被七原干脆否定的事很感兴趣。

"如此断然否决，有可能七原就是樱香的母亲。"

"呵呵呵，我也跟七原讲了同样的意思。结果七原说：'怎么可能？我怎么可能做那样的事……'"

七原所说的"那样的事"，浅见也明白了。

"那就是说，七原要不就是知道樱香母亲的存在，或者知道她已经不在世上了。"

"啊……"妙莲大吃一惊。

"对哦,我光想着七原知道樱香母亲在哪里……却忘记了她还有已经去世了的可能性。浅见先生,您还真能冷静地看待事物呢。"

"呀,我并不是冷静,不过是可以一分为二地看待事物。说实话,我赌樱香的母亲已经去世了。"

"浅见先生,这种事怎么能赌呢?"

"啊,对不起。"浅见缩了一下脖子。他还没有过被母亲以外的女性训斥的经验。

"其实,我是从月馆会长那里听来的。只有七原知道春行的女朋友的事。那位女士是樱香母亲的可能性非常大。"

门外传来了敲门声。他们还以为是七原回来了,浅见与妙莲同时做了个噤声的动作。"请进!"

门被推开了。没想到的是,走进来的是月馆知美。浅见与妙莲慌忙站了起来。

"不会打扰你们吧?"知美沙哑的嗓音说道。

也不等浅见回答,她就在门边的椅子上坐了下来。空气中漂浮着柑橘类的香味。知美是身材瘦削、脸型轮廓分明的美人。不知是鸟羽的阳光还是打高尔夫球的关系,她的肤色微微有些黑,项上依然戴着大粒珍珠的项链。

"我父亲没有向浅见请求什么吗?"

知美没有任何寒暄,直接进入正题。的确是精明强干的经营者,不喜欢多费口舌的性格。

"哦,并不是请求什么,只是谈了关于接班人引起的纠纷。"

"是嘛。这个问题果然还是提到了。我父亲认为自己的死期已经很近了,便担心起接班人的问题来了。"

"但是,即使有什么万一的话,现在社长您不是可以作为接班人继续当社长的吗?"

"目前是这样。但是我父亲担心的是之后的事。不管我怎么努力,最多也不过二十年而已。之后,由谁来继承月馆企业,就是一个问题了。"

"那个,根据当时的情况,选择合适的社长就任不就可以了?"

"当然是该这样的。我和我父亲都是这样想的。然而,我父亲得到了信息。"

"是关于社长的弟弟,春行先生的孩子的事吧?"

"我父亲连这件事都说了吗?"

"不,怎么说都是我的推测,只是会长没有否定而已。"

"嗯,能推测到如此地步,真是不得了的能力啊!"知美的脸上浮上了讥讽的笑容。

"请问,社长对这个孩子的存在与否是如何判断的?"

"我……那个,请不要叫我社长,就叫知美吧。"

"好的。"

"关于我弟弟的孩子,我多少也有听说。关于是否是事实,我觉得一半一半的概率吧。或许说,持否定的态度更正确吧。也可能纯粹是警戒心引起的。"

"警戒心指的是,像天一坊①那样是假的吗?就算这是

---

① 天一坊:1728年夏天,天一坊自称是将军德川吉宗的后代,聚集了大量的浪人。后被逮捕并判死罪。

真的，您会为她采取特别的措施吗？"

"如果是真的，当然不能熟视无睹。有了正当性，自然会得到正当的待遇。根据对方的要求（或许没有要求），看她是否愿意参与经营。不跟她本人确认意向，什么都说不上来。"

"正如您所说，会长就接班人问题感到了危机，希望能搞清楚吧？"

"确实……现在，我父亲担心遗产继承、公司经营权等问题会引起纠纷。我有两个叔父是公司干部，还有两个堂兄弟在担任管理者。就是家族公司那样的小公司，也不能保证干部之间没有纠纷。尤其是现在突然冒出了春行的孩子，那可不得了。"

"如果春行先生的孩子实际存在，会长又承认了的话，会出现什么样的情形？"

"当然会作为我弟弟的孩子，在这个家族享有应有的权利。简单地说，继承遗产时，我的应得会减少一半。对瞄准我父亲去世后，我再去世后的公司经营权的叔父以及堂兄弟来说，就是个威胁吧。至今为止的月馆企业，以及我父亲，都执著于代表权的世袭，基本上会考虑让我弟弟的孩子来接班。"

"关于这一点，社长，哦，知美小姐，您是如何考虑的？听会长说，您没有结婚的意向。作为自己的接班人，您对您弟弟的孩子有没有期待？"

"是啊，这是一个难题啊！我很喜欢弟弟。如果这个孩子真是他的，我应该会对她涌现相当的爱吧。同时，那也是诱惑我弟弟的可憎女人的孩子。如果那个女人背后还有家庭操纵着孩子的话，可能会招致灾害也说不定。"

"这就是您刚才所说的警戒心，是吗？"

"是的。我姑且不论，对叔父们来说，这可是个大问题，接班人也是个问题。当我父亲对她提出认可时，就会遭到猛烈反对吧。"

"那么，会长被孤立了啊！没有人赞成吗？"

"目前，支持我父亲的只有执事荒井吧。但是，荒井没有什么地位，无法抵挡叔父们进攻的意向。上次就是否要进军中国市场来询问我父亲意见时，荒井也表示了赞成。当专务久信叔父对之予以强烈驳斥后，他也就沉默不语了。"

"哦，驳斥什么？"

"就是'你有说这些话的资格吗'等类的话。"

"知美小姐没有说什么吗？"

"是的。我叔父的话没有错。"

浅见似乎看到了正行会长孤立无援的状态。

"知美小姐，关于孩子，您知道多少？"

"正如刚才所说，断断续续听说了一些。不过，对其可信性，却有怀疑的余地。"

"没有进行确认吗？"

"没有。多少有些像潘多拉的盒子那样的感觉……"

"踌躇的理由是害怕吗？"

"害怕……哈哈哈，或许是吧？"知美脸上笑着，可笑意却没有到达眼睛。表情中反而浮起了不快的感觉。

"如果被认为是春行的孩子出现的话，您会见面吗？"

"那个……如果确信度高的话,我必须要见面的。"

"事先会进行 DNA 鉴定吗?"

"既然您说到这个份上,浅见先生,您对我弟弟的孩子的存在有什么线索了?"

"与我相比,秋山尼更清楚吧。"

突然被点名,妙莲问:"我吗?"她有些困惑地摇了摇头。

"这个时候,我认为,知美小姐听秋山尼清楚地说明这件事比较好。也就是樱香小姐到尊宫寺的来龙去脉以及最近发生的事。如何,有兴趣听吗?"浅见问知美。

"当然有兴趣。而且,关于那一部分,我多少也听说过。"

"您听说的部分大概会含有不确定因素。关于这一点,秋山尼的话都是事实。至于要不要相信,知美小姐,您有判断的自由。"

浅见催促妙莲道:"请说!"

妙莲像是读经似的,粗略地解说了事实关系。她从育婴堂里认领了五岁的樱香开始讲起,一直到最近发生的一系列奇怪的事。中间,浅见也做了几个小插曲的解说。

虽然是很长的话,可知美几乎表情不变地默默听着。从她的样子,无法推测她对妙莲的话是否抱有同感。

"根据以上说明,总之,樱香小姐及尊宫寺方面,都没有想要自报是春行孩子的打算,或者说,根本没有这样的知识和认识。"浅见做了结论。

"但是,从不断发生的外界因素来看,不管是否喜欢,却不能再放任不管。尤其是在发生了名张杀人事件之后，事态变得紧迫起来。由此，加上偶然发生的事件将我卷入进来，所以，我们现在在这里打扰你们了。"

知美歪着脸，笑了。"这是七原筹划的。"

哦——虽然没有说出口，内心里，浅见还是很惊讶。妙莲和浅见的讲话中没有出现过特定名字。不过，知美还是识破了七原的"自导自演"。对此，浅见既没有肯定也没有否定。

"如果造成误会就不好了，还是事先说明比较好。"浅见说。

"假如樱香小姐真的是春行先生的孩子，月馆家打算接回樱香小姐。但樱香小姐本人以及尊宫寺方面是否同意，还是一个问题。尤其是大德尼，会觉得很难接受吧？"

浅见看着妙莲说，妙莲重重地点了点头。"那都是清楚真相后的话了。"

"姑且不论接班人的问题，对于樱香小姐是否真是春行先生的孩子一事，您有找到真相的愿望了？"

"当然有的。"

"如果是这样，就要赶快行动了。事态错综复杂，放任发展的话，可能会有无法预料的事发生。"

"不会吧！"

"怎么样？您要不要见樱香小姐一次？"

"是啊。该怎么办呢？"知美下不了决心。无论怎样聪明的女社长，一遇到家庭问题，就不一样了。

"知美小姐，您知道春行先生有女朋友吗？"

"是的。弟弟和我商量过,所以我知道。我父亲强烈反对,他很是烦恼。当时,我父亲像专制君主似的,是绝对的存在。他不中意的儿媳妇是绝对不会承认的。我劝过弟弟,什么也不要管,干脆离家出走算了。可弟弟是个优柔寡断的男人,终究无法做到这一点。结果,他夹在女友与父亲中间无法忍受,终于……"

知美停顿了一下,然后继续说:"想来,我与父亲一样,也有顽固的地方。弟弟请求我见见对方的时候,我不愿卷进这个纷争,也没有见面。所以,我并不知道她的容貌。当时,如果我见了她的话,或许能阻止那样的悲剧发生也说不定。如此想来,我弟弟和对方都很是可怜。"

"春行先生去世的时候,对方也一起的吗?"

"是情死的意思吗?没有,他一个人死的。"

"那么,您不知道那位女士后来怎样了?"

"我不知道。"

"对方没有来说过什么吗?例如,孩子的事?"

"没有说。所以,弟弟的孩子——什么叫樱香的孩子的事,我也是最近才听说的。"

"关于这件事,您是听七原说的吗?"

"是我父亲。我父亲春天的时候听七原说了此事,当时只是听过就算了。那时,我父亲身体还好,就没有将这件事放在心上。到了四月,他病倒后,人变得软弱了,开始认真担心接班人的问题了,才慌忙让七原调查弟弟的女朋友和孩子的事。但是,有没有真的调查,我没有确认过,也不清楚。不知道七原是如何调查的,她不是侦探也不是调查公司，应该很是棘手吧。最后，她还企图用不漂亮的手法将浅见先生卷进来。也是个不可小看的人物啊！"知美又歪着脸，笑了。

无法推测她对七原是否抱有好意，却可以窥探到，她是不相信一切主义的人。或许是因为有这样的资质，才能充分发挥月馆企业科学经营的高明手腕。也许，通过经营会社后，才练就了她这样的资质也说不定。

3

又传来了敲门声，这次是七原。看到知美也在，她有些犹豫了。"啊，社长……"

"进来吧。"知美说道。

七原畏畏缩缩地走了进来。虽然是为了浅见而端了茶来，却不知道该怎么办好。

"坐那里吧。"

七原按照指示，在离知美最远的椅子上坐了下来。完全像是坐在法庭证人席上的表情。屋里已经不是喝茶的气氛了。

"你知道春行的对象的事吧？"

七原不知道该不该回答这个问题，窥探着客人和知美的表情。是不是演技，就不知道了。

"不用介意他们。把你知道的事，实事求是地说出来。"

"是。"

"那么,那位女士现在在哪里?"

"已经去世了。"

"是这样啊……"

虽然已经有过预测,三人还是受到了不同程度的打击。

"什么时候的事?不会是与春行先生同时的吧?"

"不是。是春行少爷去世后一年的时候。"

"为什么?死因是什么?"

"自杀。"

"……"

这一次,连知美都说不出话来了。

浅见接过话题,继续问道:"能从最初开始讲吗?对了,她叫什么名字?"

"高原紫小姐。紫色的紫念'尤加利'。"

"您是什么时候、如何认识高原小姐的?"

七原沉默了一会儿。不知道是犹豫该不该回答,还是在想如何回答。浅见耐心地等着她开口。

"那是很久以前,大约十四五年前,春行少爷突然将我叫到外面,说有个人想让我见一下。然后,他将车一直开到了名张。"

"名张……"浅见情不自禁地反应道。

"是的。是名张市郊的一栋房子。有位小姐一个人住在那里。春行少爷介绍说,那是高原小姐,想和她结婚的。请她帮忙。"

"帮忙?具体是做什么?"

"当时,春行少爷的婚事正在进行中。对象是会长选的,婚事基本已经决定了。"

"是那样的吗?"浅见向知美确认。

"是的。我是这样听说的。我父亲的性格是什么都喜欢他一个人来决定。这事想必也没有确认春行的意向吧。也可能确认过,不过春行的态度不够坚决吧。"

"原来如此。"浅见能察觉当时大概的状况。

"高原小姐是怎样一个人?"浅见重新转向七原,继续问道。

"非常漂亮。比我要年轻些,行为举止很是沉着,是一个很好的人。"

"她的家族是做什么事的?"

"当时,我只是喝了茶就回来了。在回来的路上,听春行少爷说了不少。少爷让我不要吃惊,高原小姐是个孤儿。"

"哦,天涯孤独一人啊!"

"是的。她是在我们公司的京都营业所工作的时候认识少爷的。而且,与我见面前不久辞了工作,住在名张了。春行少爷打算立刻结婚的。但是,当时老爷好像已经决定了少爷的结婚对象,怎样也说服不了。而且,说服老爷需要花时间。在此之间,他请我去高原小姐那里看看,帮忙照顾她。"

"就是说,在春行先生那里,他与高原小姐的结婚是既成事实了?"

"是的。我认为是的。"

"但是,为什么得不到会长的允许,而且,还将春行逼到了如此境地……即使这样,也没必要自杀啊。"

"是啊,这是社会常识啊。"知美开口说。

"现在因为结婚被反对就自杀，在浅见先生看来是无法理解的。干脆离家出走，就可以了。谁都会这样想。但是，春行就是这样的人。不检点……妙莲尼怎么看？"

　　突然被指名，妙莲一瞬之间露出困惑的表情，立刻双手合十说："不管有怎样的事情发生，对已经去世的人，就不应该再加指责了。"

　　"啊，是我说的过分了。但是，除了死以外，还有许多方法，我是不甘心啊。"

　　"您的心情能够理解。我们也被称之为遁世，从各种纠葛中逃出来成为僧侣，也是事实，所以也不能胡乱非议别人。然而，出家以后，多少能够了解那些下决心自杀的人的心情。自杀也是一种逃避现实的手段，这一点是不可否认的。春行先生选择死亡，可见他过得非常痛苦。不过，自杀还有一个动机是，对将自己逼到如此境地的人的反抗。对顽固反对自己爱情的父亲的怨恨，只有用这种方法来抗议吧。这实在是悲惨的事。您父亲因此也是很难过吧？"

　　妙莲像是在安慰春行的灵魂似的低下了头，接着说："选择自杀的人都有各种理由，总之，不是别人能够理解的。出家的人还有理性可言。人们选择自杀的时候，却已经丧失理性，或者说着了魔了，脑子里除了死没有任何其他想法了。因此，被留下的人即使再痛苦，也只能为死去的人的灵魂祈祷。除此之外，再无其他可以救助了。那位女士是以怎样的心情生活的，可以想象。"

　　"结果，不到一年，她也就自杀了。"知美对七原说。

　　"是的。"

"在此期间,您没有去过她那里吗?"

"去过几次。"

"几次?"

"总共十次左右吧。"

"那么多……那么,您给了她经济上的援助吗?"

"不是。我自己什么都做不了,听说都是春行少爷安排的。不过……"

"不过什么?"

"那个,不知道她怀孕了。"

"那是春行的孩子吗?"

"是的。我是这样听说的。但是,春行少爷似乎还不知道。"

"也就是说,出现怀孕症状征兆之前,春行就死了?"

"是的。"

"后来,怎么样了?"

"婴儿生下来了。是个女孩。"

"那……那时也是您在照顾的?"

"是的。我不过是将她送到医院去而已。"

"不仅是这样吧。即使出院后,她本人也无法行动,都是您在帮忙吧?"

"是的,很少……但是,医院的护士经常会来看看,所以我也没做什么……"

"看吧,不仅仅只是十次,应该更多吧。"

"噢,或许更多吧。"

"这是一定的。啊,这不重要。之后呢?"

"不久,高原小姐可以自己开车去购物了。我就不怎么去了。然后……"七原沉默了。

"是去世了吗?"浅见鼓励地说道。

"是的。婴儿生下来一个月左右,我接到护士打来的电话,说高原小姐去世了。据说,是从大王崎跳崖了……从停在附近的车里,有人发现了母子手册,就打电话去了医院。"

"大王崎……"

"是的。许是与春行少爷留有美好回忆的地方吧。"

"婴儿呢?"

"没有找到。"

"有没有一起死,也不知道吧?"

"是的。应该没有。"

"婴儿的名字是?"

"樱香小姐。樱花的芳香。还是繁体字'樱花'的'樱'。"

"如果活着的话,大概有多大了?"

"十二三岁……吧。"知美交替看着妙莲和浅见。

"怎么样?没有错吧?"

"没有错。是我们尊宫寺的樱香。现在十二岁,刚上中学。"妙莲回答道。

"而且,樱香的字写来也完全一致。"

"恐怕高原小姐去大王崎之前去了育婴堂,将婴儿放在门前后再离开的吧。"浅见说道。

"没有带着婴儿一起死,是认为不能将父母任性的行为强加给孩子吧。而且,也想留下春行先生的爱的结晶吧。不管怎样，都是悲惨而痛苦的选择。"

"即使那样，"知美诧异地看着七原，"你为什么会知道樱香活着的事？而且，她在尊宫寺的事你又怎么会知道的？"

"名张医院的护士，叫能势真弓的，是她告诉我的。她说或许，那个樱香小姐还活着。"

"那个能势女士又是如何知道的？"

"好像是很偶然的机会。能势女士护士学校的朋友在生驹市的育婴堂工作。今年正月的时候，偶然遇上，谈到吉野的樱花时，提到了繁体字的'樱'，然后说到以前育婴堂里有这样名字的孩子。能势女士想到会不会是樱香，就问了女孩的去处。当时，那个朋友说不可以说的，这件事就没有下文了。之后，她朋友偷偷查看了育婴堂的记录，知道了樱香现在在尊宫寺。之后，能势女士去确认了樱香。她对是不是要告诉我这件事也是斗争了很长时间，好不容易才下定了决心。但是，因为牵涉到个人信息，她让我绝对不能告诉别人。所以，至今为止，我没有将详细情况告诉过任何人……很对不起。"

七原长长地叹了一口气。背负着的沉重负担卸了下来，她全身的力气都被抽光了似的，松软了下来。

其他三人也分担了这个负担，各自感到了它的重量。一时，大家都保持了沉默。

"原来如此。三月份与樱香小姐接触的女士，就是那位能势女士啊。"浅见打破了沉默，说道。

"如此看来，高原紫小姐选择生驹市的育婴堂，是因为那是自己以前生活过的地方也说不定。"

疑问渐渐地明朗了起来。

"问题是,那两个男人是什么人。关于这一点,七原女士您没有任何线索吗?"

"是的,完全没有。"

"如此看来,与能势女士、生驹市育婴堂的女士有关系的人的可能性就很大了。怎么样,能和她们见见面吗?"

"那可不行。我刚才已经说过了,她警告我绝对不能外传。我被叮嘱了好几次了。"七原变了脸色,抗议道。

"我明白了。暂且不提这个,我有一个问题,"浅见妥协地说道,"其实,我拜见了樱香小姐放在尊宫寺中的'命名'书。那是谁写的字?"

命名书的事,除了妙莲以外的两位女士完全不知道,她呆呆地看看浅见,又看看妙莲。

"是啊。是谁写的呢?"妙莲也注意到了不可思议的部分。

"是嘛。有命名书啊。会不会是孩子生下来后高原小姐写的?"知美如此说。

"但是,那是男人的笔迹。浅见先生您认为呢?"

"我对书法完全不懂。不过,字是楷体,确实是男性的笔迹。当然,有女性写出男子力量也是不奇怪的吧。"

"你不会想说,是春行事先写好的吧。"知美这样说。

可七原摇了摇头。"这不太可能。春行少爷根本不知道孩子的事。"

"在这之前,是谁起的'樱香'这个名字?"浅见问七原。

"我也想知道。"

"啊,您不知道吗?樱香小姐出生前后,您不是几次见到高原小姐吗?命名的缘由、是谁起的樱香这个名字的过程,您没有听说吗?"

"我真的不知道。提交出生证明的是我。婴儿生下来五天后,去办手续之前,高原小姐告诉我婴儿的名字是樱香。'樱'是繁体字的'櫻'。"

"那么,当时您没有看到命名书吗?"

"没有。应该没有那样的东西吧。如果有的话,肯定会给我看的。"

"那么,是之后写的吧。当时没有的话,估计不是高原小姐自己写的了。也有可能是两个男人中的一个写的也说不定……"浅见歪了歪头。

"说起来……"七原像是想起了什么。"去拜访高原小姐的时候,看到从屋前开走一辆车。驾车的是男人。我问高原小姐:'是客人吗?'高原小姐说是推销员。当时我还挺在意的。"

"嗯,男客……也就是说,樱香小姐出生的秘密,那个人也有可能知道的。"知美皱着眉头说。

"到底是什么人呢?"

"是这个男人吗?"浅见从口袋里拿出死在名张的男人的照片给七原看。

"嗯……不知道。当时他坐在车里,我看到的只是一个背影。不过,那是高级进口轿车,感觉他不像是推销员。"

"噢……那么,有可能是高原小姐撒了谎。"

"撒了谎……我可没有这样说。"七原噘起了嘴。

"但是，我认为七原女士的观测是正确的。除了推销进口车以外，无法考虑推销员会乘坐进口车。高原小姐有什么理由不想别人知道那个男的的身份。"

出现了新的疑问。很难想象那个长相粗鄙的男人与乘坐进口车的是同一个人。另一个男人是他吗？

"不管怎么说，知道樱香小姐被尊宫寺领养的事只有育婴堂的人。关于这一点，有可能是听育婴堂的保姆无意泄露的，至少是认识她的人。但是，不管保姆还是那个男人，都不知道樱香是月馆春行先生的孩子。有可能知道这个事实的只有能势女士。怎么样，七原女士，能势女士知道月馆家春行先生的事吗？"

"那个……"七原吞吞吐吐。

"因为要和我联系，应该知道我是与月馆家有关系的人。由此想象一下，很容易推测出那是春行少爷的孩子。"

"这样一来，七原女士，真是对不起！必须要听一下那两位——能势女士和保姆的话。"

"啊……为什么会变成这样？"

七原的脸上，露出了没有比这更悲惨的表情来。

4

知美也被说服了。结果，由七原为浅见和妙莲介绍认识能势。当着三人的面，七原给能势打了电话。她没有告诉能势为什么,只是说有这样的人要去拜访她,希望她能见面。如果说明了拜访她的理由,有可能会被拒绝。

浅见和妙莲离开月馆家,朝着名张的医院进发。从鸟羽到名张可以走伊势道,在久居下高速,转入国道一六五号线往奈良方面,几乎是朝正西行去。

名张原先是伊贺的旧郡名,在三重县西部的伊贺盆地南部。它作为江户川乱步的诞生地而有名。同时,"名张毒葡萄酒事件"①也是众所周知的。那也是个凄惨的事件,而且有可能是冤案。对当地人来说,谁也不愿回想。

实际上,到了名张市,却根本没有那样的印象。完全是一派牧歌式的田园都市风光。而且,这里还有赤目四十八瀑布、青莲寺沿河的香落溪、青莲寺湖等风光明媚的地方。

市街里没有高的建筑,反而是开朗、开放的氛围。在这一角,有着能势真弓就职的 S 医院。这是个有着相当规模的大型医院。

能势大约四十多岁的年纪,看上去就是一个严厉的老练护士。到了约好的时间,能势已经等在医院附近的咖啡馆里,说只有十五分钟的时间。能势对面前的自由撰稿人和尼僧的客人组合有些困惑。

"其实,我们有个对您来说非常不快的请求。"一上来,浅见就对能势这样说。妙莲也在一旁深深地低头致歉。

---

① 1961 年 3 月 28 日晚,在三重县名张市葛尾地区公民馆召开的农村生活改善俱乐部三奈之会总会时,发生了葡萄酒中混入农药、造成五人死亡的事件。

"是什么？"能势一边不无警戒、一边对两位客人的低姿态抱有好感。

"这位是秋山尼，是认领樱香小姐的尊宫寺的人。今年三月份的时候，与樱香小姐对话的是您吧？"

"啊……是、是的，是我……"

面对吃惊的能势，浅见将至今为止的经过做了一个简单说明，并说了作为尊宫寺方，不仅现在要保证她的安全，还要保护樱香小姐的将来。还在允许的范围内说了最近发生在樱香小姐周围的种种可疑事情。

"这里，我们首先要问的是，为什么您听说生驹市的育婴堂有叫樱香的少女，就知道那是高原小姐的女儿呢？"

"为什么……樱香这个名字不是很少见吗？而且，珠江，那个叫关内珠江的是我的老朋友，她是生驹市育婴堂的保姆。从她那里听到的樱香小姐入院时间刚好符合，所以想到会不会就是她。她经详细问过就发现，那个时间果然是十二年前高原紫小姐去世前不久。"

"原来如此……这件事，除了七原女士，没有和别人说吧？"

"没有。要不要告诉七原女士，我也斗争了很久啊。七原女士答应我绝对保密的……"能势的脸上现出了怨恨的表情。

"关于这一点，七原女士也是非常在意，一直不同意告诉我们。是我们一再请求她才开口的。因为是紧急情况，还请您谅解。"

"啊，这个，我知道了。"

"那么，再问一下关于樱香小姐出生时的情形。高原小姐住院的时候，是七原陪着的吗？"

"是的。"

"从住院到婴儿出生，大概花了几天？"

"已经超过预产期了。住院时还没有要生的迹象。两天后孩子出生了。"

"当时，七原女士也在场吗？"

"我马上与七原女士联系了，她还是没有赶上。孩子是天快亮时出生的，七原女士八点左右才到。"

"之后到出院，大概有几天？"

"为了慎重起见，让她住一个星期。可她第三天就出院了。"

"有什么理由吗？"

"当然有各种各样复杂的理由。"

"是嘛，复杂的理由啊……不管怎么说，已经是十二三年前的事了。您还记得很清楚啊。"

"我的职业如此。而且，高原小姐又很特别。"

"是指——"

"那个……这一点，浅见先生没有听七原女士说吗？"

"是指私生子的事吗？而且，男子已经去世了。"

"是的。关于私人部分，她不想被人窥探吧。在医院，住院病人、病人家属进进出出的，人很多。"

"婴儿出生后，除了七原女士，没有其他人来看望吗？不觉得不自然吗？其中一定也有人来询问吧……对了，是谁？有那样的事实吧？"

"是有那样的事。当着我的面，就有人问高原小姐。我还警告过他。"

"那个，应该是男人吧？"

"是的，您怎么知道的？一般来说，都是女人比较八卦的。"

"这倒不一定。好奇心旺盛的是男人吧。看我，什么都好奇，要插一嘴，很坏的习惯啊。"

"那是因为您是自由撰稿人的原因吧。我想，这是没有办法的事。"

"确实……那个男人或许也是自由撰稿人吧。您知道他问了高原小姐什么问题吗？"

"我刚好经过那里，并不太清楚。好像是问婴儿父亲的事，所以我就叫他不要问，阻止了他。"

"哦，真是失礼的人……不过，我也没资格说别人。我偶尔也会做类似的事。"

"不，那不一样。浅见先生礼仪周到，是有气质的人。那个男人给人的感觉像是恶人。瘦瘦的，下颚突出，眉毛很粗，眼睛锐利，很凶横的感觉。"

"好凄惨的长相啊！不过，您的观察力好强啊。"浅见一边笑着说道，一边根据男人的长相联想到了什么。这人与樱香接触并死在名张市郊外的男人很像。

浅见从口袋里取出了男人的照片，将它递给能势。"您刚才说的人，是不是像这个人？"

浅见认为，能势是名张市居民，该早从电视里看到了的。然而，能势拿着照片一看，便"啊"的一声叫了起来。

"很像。如果照片里的人更年轻些，就一模一样了……那个，这张照片，好奇怪啊！"

"奇怪？为什么这么说？"

"有种蜡人的感觉。"

樱香就说他"已经死了"。这也应该是相同的意思吧。不愧是护士，一眼就看出有没有生气。如果能势知道这个男人死在名张山道上的话，一定很吃惊吧。

"原来如此……这还是做了很多修正了的。这个人给您的印象，还有什么可疑点吗？"

"不知道是不是可疑点……我不光在那个时候看到过这个男人，在医院外也见过。如果是自由撰稿人，大概在寻找什么话题吧。"

"您看到的时候，他是一个人，还是和谁在一起？"

"是啊……好像和谁在一起。医院进进出出的人太多，照片上的人又很惹人注目，其他的就没有在意了。"

浅见问妙莲："您没有什么要问的吗？"

"是啊……我有一个问题想问。高原小姐住院的时候状态如何？有没有想要自杀的征兆？或者很是消沉的样子？"

这也是浅见想要知道的。

"这个，后来想起来，确实有这样的征兆。"能势眼睛看着窗外，像是在追溯遥远的过去，慢慢地说道，"看着刚刚生下来的孩子的脸，她没有笑过，时不时地叹气，发呆的时间很长。还有，一般来说，待产的母亲都会散发一种要去战斗那样的坚强气息，高原小姐完全没有。刚开始定期检查的时候，她也有这样的霸气，还很高兴。我将她的样子告诉了七原女士。七原女士说她非常爱她的先生,还无法走出失去他的痛苦。说这样的话不太好,不过说实话,最初在医院看到高原小姐的时候,我还想,她到底想不想生孩子啊。之后,见了几次面才感觉,她非常想生下这个孩子。应该是她认为,这是她爱的人授予她的重要东西吧。就靠着这个念头,生完孩子后,或许她就觉得自己的任务完成了。听到高原小姐去世的消息时,我就是这样想的。然而,电视、报纸报道说,她是带着孩子一起死的,我怎么也无法相信。所以,知道那个婴儿——樱香小姐还活着,我就想,果然不出我所料。如果不是这样,就无法解释她自杀而将孩子留下的行为。"

能势长长的讲述结束后,妙莲双手合十道:"好悲惨又好美丽的故事!"

浅见想起以前在北海道的河里看到的风景:产完卵的鲑鱼死尸铺满了清澈的河底。当然,鲑鱼与人类无法比较。但是,作为生物的宿命,似乎也有着相通的部分。

"樱香小姐的双亲都去世了。高原紫小姐的双亲怎样了?"浅见突然说道。

"是哦,真的……"

妙莲与能势也受浅见影响,抬头看着天花板,满脸的疑问。

一个疑问导致新的疑问产生。高原紫的父母是谁?现在在哪里?如此想来,又要开始关注"高原"的姓和"紫"这个名字的由来了。那和樱香也一样。高原紫的出生已经是四十年前的事了。那里也同样有生她的父母存在,抛弃紫后，她的父母如何生活的，等等。

"紫小姐的母亲也去世了吗？"妙莲悲痛地说。

"那个就不知道了。"浅见用有些冷淡的语气说。

"樱香小姐的故事是非常美丽的。但一般情形下，都是因为利己的动机而抛弃孩子的。"

"但是，即使有这样那样的理由，抛弃自己的孩子还是一件很不幸的事。"

"这倒也是……"

对妙莲的话，浅见没有反驳。"高原紫小姐和樱香小姐同样出生于生驹市的育婴堂。那，或许有什么理由也说不定……不知道在那个育婴堂里，有没有清楚当时事情的人在？"浅见问能势。

"呃……近四十年前的事了。勉强有人在也说不定。问问珠江或许知道……但是，浅见先生，您不要去调查这样的事，好吗？"能势的态度非常坚决。

妙莲也附和道："是啊。"

浅见不得不服从她们的意见。

已经有些超过约定时间了，能势慌忙回医院去了。

"我要先去一个地方。"浅见对妙莲说过后，就将车开到了名张警察署。

名张警察署那以淡淡砖色为基调的墙面和简练的窗户非常协调，是一栋风格明快的三层建筑。估计是整个街道中最漂亮的建筑物了。

"对不起，我十分钟就回来。"

浅见将妙莲留在车里，走进了警察署。不到傍晚，越智还未离开。一看到浅见，越智的脸上浮起了有些麻烦、有些怀旧的表情。

"哦，你是——嗯，浅井先生。"

"我是浅见。浅见光彦。"

"啊，是的是的。你怎么还在这里游荡？"

"是啊。正要去奈良，顺便来这里转一下。对了，那个案子的被害者身份知道了吗？"

"知道了。是京都的人。"

"京都？没有京都人的气质，那样的长相。"

"哈哈哈，你好有趣！京都人也是有各种各样的，也有大型黑社会组织。那个男人叫葛谷健司，是单干的勒索犯。刚好京都有警官看到了那张照片，才联系我们的。"

"那么，调查有了很大进展了？"

"没有那么简单。希望葛谷消失的人可是很多。也有可能被卷入了黑社会的纷争也说不定。如果是这样的话，就难办了。"

"动机是什么？被害者最近卷入什么纠纷了？"

"还没有什么线索。平时经常携带的通讯录、钱包、手机都不见了。否则，那些随身物品能有什么暗示也说不定。有信息说，他曾在奈良市内出现过，却不知道在干什么。你不是要去奈良吗？试着调查一下，怎样？"

越智是开玩笑的，浅见却吓了一跳。果然，警察是很能调查的，这么短的时间已经将调查范围扩展到了其他县，并捕捉到了目击信息。不过还不至于找到他要与樱香接触的动机，也波及不到这边。但反过来说，把那样的事实对警察隐瞒起来，浅见不免有些罪恶感。

趁着打草还未惊蛇的时候，浅见赶紧告辞出来了。

回到车里，浅见告诉妙莲已经知道那个男人身份时，妙莲问："京都人吗？"她的反应与浅见一样。

"我常常陪大德尼去京都，好像没有见过那样的恶人啊。"

"呀，京都也有大型黑社会组织哦。大德尼、秋山尼所处的世界与此不同，便不知道吧。"

"是啊。确实没有机会见那些人。大德尼参加的都是迎接皇室成员、国际宗教论坛那样的公务。私人聚会也都是见大德尼的旧友等。几乎没什么机会在路上散步。"

"啊，大德尼是京都出身吗？"

"是的。她的祖先是与奈良时代藤原家有血缘关系的朝臣。战争结束前位列子爵。大德尼是子爵家最后的小姐。"

"是那样的啊。真憧憬那样的世界——大德尼相当亲切地和我们接触。本来，我这样的人是无法接近她的。"

"呵呵呵，没有那样的事。大德尼见谁都那样亲切的啊。"

"是这样啊。大德尼是在那样的世界中长大的啊。舍弃那样华丽的世界，成为尼僧，不知道有什么样的理由。"

"以前与现在不同，出生家庭所背负的命运可以左右孩子们的命运。至明治初期为止，皇族寺院有皇女当住持的习惯。后来被禁止了。之后，就由贵族之女当住持。大德尼也是根据宫里的意思，走上了尊宫寺住持的道路。"

"原来如此。还有根据家里、父母的意思来决定生活方式的时代。像我这样，完全以违抗父母的意志来生活。"

"啊，这样的人以前也有啊。听说大德尼的朋友，也是贵族小姐，一边跟父母决定的对象结婚，一边和自己喜欢的大学生私奔了。"

"哦。违抗父母的意志，就像月馆春行先生和紫小姐的故事一样。"

"真的，很像哦。"

"那位小姐后来怎么样了？有孩子吗？"

"我也不知道，没有听那么多。要不，浅见先生直接问大德尼如何？"

"是啊。要不那样试试……"

浅见和妙莲像是追着渐渐下沉的太阳，往奈良驶去。各种各样的想法在脑海中浮现，两个人暂时沉默起来。

诱拐

1

真的只是差了一步。放学回家的时候，樱香被果纯老师叫住，在理科教室说了一会儿话。樱香没有注意到，时间过去不少。果纯老师的全名是田中果纯，因为有两位田中老师，学生们都习惯称呼她为"果纯老师"。

樱香很喜欢果纯老师。喜欢果纯老师有些男人一样干脆的言词、直直地看着学生们的闪闪发亮的大眼睛。像这样被果纯老师叫住，两个人单独讲话的机会可是不太有的。

谈话很是高兴，时间不知不觉地过去

了。等樱香与老师道别、想要追上其他同学时，学校里已经没有人了，班车也已经开走了。下一趟班车要等二十分钟左右。怎么办？跑着去车站吧！樱香正在这样想着的时候，一辆车停在了她的面前，一个女人走了下来。

"那个，对不起，请问去奈良车站怎么走？"

"啊，我刚好也要去车站。"

后来，樱香回想这个的时候，不知道当时为什么会那样说？真是卑鄙！她反省自己，当时就那样可就不知不觉地说了出来。

"那你上车，给我们指一下路吧。"

"哦，好的。"

打开后车门，女人让樱香先上了车，然后自己再上车。关上车门后，樱香看向前面。当她看到开车的男人背影一瞬间，女人右手抱住樱香肩膀，左手拿着一块布捂住了樱香的嘴。樱香感觉到一股酸甜的气味，情不自禁地吸了一口气，意识便渐渐远去了。

尊宫寺已经被暮色包围了。当妙莲和浅见站在方丈大小的玄关时，感觉到比暮色更为黯淡沉郁的气氛包裹在四围。看到前来迎接的清心忐忐忑忑的样子，妙莲和浅见都感到，一定出了什么大事了。

"妙莲尼，不好了！"

"怎么了？"妙莲问道。

清心看了浅见一眼，"那个，大德尼在等您。"看来，她有不想让客人知道的事情。

"浅见先生,对不起。请您到会客室等一下。"妙莲说着,命令清心带浅见去会客室,她慌忙向大德尼的居室跑去。

清心开了灯,庭院显得更暗了。浅见坐在走廊上,仰头看着正殿屋顶上空。天空中布满了被夕阳染红了的云彩。

这样坐着,浅见痛切地感觉到,这片大和的土地虽然经历了一千多年的岁月,却依然充满着生气。虽曾经历了天地变异的时期、战乱时期,这片土地存在的基本却没有变化。是什么让它如此悠久地存在呢?浅见天马行空地想着。

妙莲突然出现在眼前,"浅见先生,不好意思!请您到大德尼的房间来一下!"说完,妙莲就转过身,走了。

浅见立即起身,跟在妙莲后面。妙莲在里面日式房间的推拉门前,边跪边说:"请允许我进来!"她打开推拉门,让浅见走了进去。

光尊坐在房间的正面,看到浅见立刻说:"啊,浅见先生!"声音中带着求助。"出了大事了!"

"啊,是什么事?"

"樱香还没有回来。"

根据妙莲所说,樱香应该六点左右回来,而现在已经过了七点了。

"清心到法隆寺车站去接她。等了四趟电车也没有看到樱香。清心感到不对,所以赶回来向大德尼报告。清心在车站还确认了,当时没有电车晚点,也没有发生事故。就算学校有事或电车晚点,樱香一定会打电话回来的。"

"给学校打电话了吗?"

"啊,还没有。"光尊答道。

妙莲接着说:"如果通知学校,事情会闹大。没有特别的情形,大德尼考虑尽量不要给学校带去不安。"

"确实如您所说。"

如果是普通的家庭,根本还没到把事情闹大的地步吧。就算回家晚了,打电话去学校确认,也不会怎么紧张的。尊宫寺的话,就不一样了。按规模,它与隔壁的法隆寺、东大寺、药师寺等相比确实很小,但它曾经是皇女当过住持的尼寺,是名刹。如果有可能成为住持继承人的少女发生不测,假设学校也有一定的责任,就有可能发展成大问题。即使不是这样,光是"失踪",就会成为媒体最好的目标。

"暂时静观,是吗?"

"是的。但是,也不能这样放任不管。大德尼非常担心,所以,请浅见先生一起商量。"

听了妙莲的说明,再看大德尼,她沉着脸,点了点头。

现在,她比平时回家时间只是晚了一个小时。然而,对樱香来说,感觉已经过了很长时间。樱香从来没有不经同意而拖延回家的。光尊和妙莲的担心是切实的。

话是这样说,可自己能帮什么忙呢?浅见有些困惑。是事故?还是最糟糕的诱拐?浅见的脑中突然涌上了这样的疑惑。

"那个,浅见先生,您认为樱香会遇上什么事呢?"妙莲客气地问道。

虽然是提问,但她对答案有了一定的心理准备。

"如果不是樱香自己要去哪里转转的话,按常识来说,不是事故就是诱拐了。"浅见将自己的想法率直地说了出来。现在不是要安慰对方的时候。

光尊和妙莲相互看了看,脸上现出果然如此的表情。

"从这个春天以来发生的一系列奇怪事情来看,诱拐的可能性绝对不低。先不管目的是什么、早晚会以什么样的方式来联系。目前,我们只能等了。不过,估计这是诱拐,还是趁早请警察秘密商量对策比较好。"

"警察吗……"

"是的。例如,考虑对方会打来电话,早些设置追查电话的设备等。"

"怎么办?"

听到妙莲的询问,光尊皱起了眉头,想了一下,还是摇了摇头。但是,再想一下,似乎要舍弃这种犹豫似的说道:"既然浅见先生如此说,那就这样办吧。"

"但是,浅见先生,通知警察后不会将事情闹大吗?"妙莲有些担心地说。确实,媒体有可能会嗅到警察的动向。

"无论怎样,都要请他们秘密行动。正式报警的话,有可能不被重视。所以,我打算和我兄长商量。"

浅见从口袋里拿出手机的时候,远处传来电话铃的声音。不一会儿,这个房间的电话铃也响了起来。看来是有转换系统的。

妙莲拿起话筒听了一会儿说:"接过来吧。"等接通对方后说,"我是敝寺事务担当秋山。"说着,习惯性地低头行礼。

但是,她脸上的表情立刻僵硬起来,看了一下浅见和光尊,然后确认道:"樱香真的在你们手里吗?"当然,这也是向两人转达电话内容。

浅见将耳朵贴向话筒。"……我劝你们还是不要报警。否则的话,发生什么麻烦可就不好说了。"一个中年女人的声音。

"你是哪一位?"妙莲问道。

"无法告诉你名字。打这个电话,为的就是告诉你们樱香还好,不要担心。不过,也不要将事情闹大。"

"目的是什么……为什么要这样做?"

"这个,还会再打电话的。现在,只是通知你们樱香平安无事。或许,你们已经用了电话追踪也说不定。我要挂电话了。"

对方干脆地挂了电话。妙莲紧紧拽着话筒,一片茫然的神情。

"果然是诱拐啊。"浅见用冷静的声音说道,"根据现在的感觉,对方应该不会采取过激行动。按她所说,应该不用太担心。"

"真的是这样的吗?目的是什么呢?"

"这个现在还不清楚。应该跟之前的信有关吧。"

"是'不要让樱香出家'的信吗?"

"是的。"

"但是,那到底有什么意义呢?有什么样的目的呢?还是和月馆家有关吗?"妙莲心情不安地快速提出了几个她想到了的疑问。

"根据现有的线索来说,这个可能性非常大。"

"妙莲！"光尊出声叫道，"与月馆家有关，是什么意思？"

"啊，还没有向大德尼报告呢。对不起。其实，有这样的事。"

刚回到尊宫寺就发生了这样的事。去月馆家后发生的事还没来得及汇报。妙莲将月馆春行和高原紫的故事，从能势那里听来的话等大致做了一个说明。

光尊一边听，一边不停地惊叹。"是这样啊。樱香是月馆家血统的人啊……真是不可思议的缘分啊！"光尊想了一下后，侧着头说道，"那么，这次的诱拐是月馆家干的吗？我不认为月馆家的家主会做这样的事。"

难怪她有这样的疑问。被问到的妙莲也与光尊一样，侧着头问浅见道："怎么样？"

"正如大德尼所说，月馆家的会长不会做这样卑鄙的事。如果想要樱香的话，直接表明就可以了。会长的女儿，现任社长的知美小姐也是同样。"浅见分析着。

"这样的话，谋划接班人问题的那些人的可能性就大了。月馆家的分支，也可以说是月馆企业高层中有人可能会这样做，但与之前的信的内容又有矛盾。对想要成为月馆企业接班人的人们来说，一定不希望有力的接班人候补者樱香出现，就没有理由要妨碍她出家了。还是有什么其他理由，或者是完全有其他理由的人干的。我们还是等待事态发展吧。"

"刚才打电话女人说，通知警察的话就会有麻烦发生。所谓麻烦，是什么意思？"妙莲不安地说道。

"如果出现了警察介入、媒体喧闹的事态，就会发生无法预测的麻烦。一种恐吓吧！反过来说，如果什么都不做，樱香的安全就可以保证了。不管怎样，还是按照她的警告，不向警察通报为好。"浅见做了结论后，先离开了尊宫寺。

天色渐晚，已经到了晚饭时间了。妙莲留浅见在寺里吃，浅见还是坚持离开。不爱吃精进料理是一个理由，更重要的是，听说在寺庙里，进餐称为"行盆"。那也是一种修行。即使食物是粥、芝麻盐以及酱菜，也还是要想着遥远世界的释迦牟尼以及其他各位菩萨，不可起贪心，要一心想着如何成就佛道。浅见认为，像自己这样的俗物，是无法在佛道上进步的。

街上已经完全被黑暗包围。浅见找到一家便宜的宾馆，登记住宿后再次上街。浅见发现，宾馆附近有个家族餐厅，便进去点了炸大虾的套餐。看着盛在盘子里的白饭，撒上一点儿食盐，浅见觉得，还是这样的食物更适合自己。

回到宾馆，他洗了澡后躺在床上休息。忙碌了一天的各种事情浮现在脑海中。想到现在可能发生在樱香身上的事，浅见无法享受安然的气氛。虽然自己对大德尼和妙莲说过"不要担心"，却无法保证自己不去担心。只是，听电话中女人的口气，没有紧迫感是唯一可以安心的材料吧。

浅见重新整理心情，打开电脑，准备写《旅行与历史》的稿子。然而，杂念不断浮现，他无法集中精神写作。原本打算以"悠久的大和"为题，可脑海中出现的是现实中发生的事件，他根本无法定下稿子的基调。

不得已，浅见放弃写稿，上床睡觉。闭着眼睛，脑子却全被事件占据了。从被带到鸟羽署以来，从月馆家、名张得到的信息量很是巨大，他还无法完全消化。

其中，有一桩作为疑问留下的事情浮现在他的脑子里。听妙莲讲，大德尼的朋友、一位贵族女性与父母决定的对象结婚后又跟自己喜欢的大学生私奔的故事。这与月馆春行和高原紫的故事非常相似。然而，相似也就这一点而已，与一连串事件似乎没有什么关系。如果不在意的话，也就过去了。可一旦在意了，就会觉得两者之间有一种奇妙的关联。

唯恐天下不乱的劣根性啊！浅见独自苦笑。或许他自己还没有意识到，自由撰稿人喜欢穷根究底已经成为习性，看到丑闻就忍不住要插一脚进去。

妙莲让浅见直接去问大德尼，可发生了樱香被诱拐的非常事态，这种只是他一人感兴趣的话题却再也问不出口。

与此同时，浅见也感觉到，脑海中有干枯树叶掉下来时被什么挂住的微小不协调感。原因是在什么地方听到的话语断片。然而，这个断片他却是怎么也想不起来了。他当时没有在意，听过也就算了，不过本能地觉得很奇怪。

那是什么呢？

常听人说，记忆丧失的时候，回到之前所在的地方就能想起来了。可浅见连那个地方也想不起来了，实在是糟糕。

他闭着眼睛，将所有注意力都集中到从昨天至现在发生的事情上面。突然间，他像是想起了什么。原来它在月馆知美和浅见询问七原圣子的话中隐藏着。

"春行少爷说高原小姐是孤儿……""她是在我们公司的京都营业所工作时认识春行少爷的……"

作为孤儿的高原紫是如何进入月馆企业工作的呢？这就

是浅见潜意识中感觉到的不协调。对就业不顺利的浅见来说，那是切实的疑问。月馆企业可以说是家族型企业，虽说职员还不至于都是"同族"，但基本上也是通过关系介绍进来的。不过，紫是借了怎样的契机，进入月馆企业工作的呢？

浅见立刻从床上跳了起来，光着脚，像一头熊似的在狭小的房间内踱步。

2

第二天早晨，浅见等着一到九点，就给月馆知美打电话。

知美听了浅见的疑问后，嘟哝道："真的……"

对知美来说，高原紫怎么能进公司确实有些不可思议。"营业所的事情都是由所长决定的。我马上调查。"知美说完，就挂断了电话。

浅见在电话里没有告诉知美樱香被诱拐之事。目前，他还无法判断，可以在什么样的范围内告诉知美事实。同时，知美也有可能是诱拐的关系人之一。

"不要让樱香出家"这样的信，可以考虑是希望樱香成为接班人方面的意思。那么，就不可能是盯着想当下一期接班人的知美的叔父、堂兄弟们的作为了，反而可以说是正行会长、知美社长的愿望吧。

不过，话又说回来，他们也不像是会用这种恐吓信手段的形式来表达自己的愿望的人，也没有这个必要。浅见怎样都无法理解这封信的意图。是谁？有什么目的？而且，与诱拐有什么关系？谜显得越来越深奥了。

浅见在十点钟的时候到达尊宫寺。妙莲立刻焦急地迎了出来。

"之后，就没有任何联系了。"妙莲一看到浅见，就立刻这样说了，脸上满是焦躁、担心的神情。

"是吗？"

嫌疑人的沉默令人恐惧。不管恐吓还是什么，只要有接触，就会有有利于判断的信息。但是，现在只有等待了。好在嫌疑人现在还不至于会加害樱香。这样想来，就是唯一的希望了。

妙莲打电话去樱香学校请假，说樱香感冒了，要休息几天。

浅见被请进大德尼的房间。即使是修行多年的光尊，脸上此刻也露出了劳心的神色。

"浅见先生，樱香没关系吧。"

"请不要担心。很快就会解决的。"

对如此意外与复杂的情形，反而是年轻的浅见更为冷静。至少，他表面上看是很冷静的。

"浅见先生这样说，我也可以安心了。不过，到底是什么样的人会做这样的事呢？"

"现在，还不清楚这样的怀疑对不对。如果樱香是有月馆家血缘的孩子，从常识来看，与月馆家遗产问题有关的可能性非常大。"

"那么，月馆家的人就是嫌疑人了？"

"估计是吧。这些推断不过是以常识作为前提的。但也不能因此说，诱拐了樱香就有什么作用。还不知道这样行事的目的是什么。"

"目的不是赎金吗？"

妙莲最怕这个。从以往的案例来看，以赎金为目的的诱拐，结局是悲剧的可能性不小，也是它令人恐惧的地方。浅见当然知道这些，却不知道为什么，一听到电话里女人的口吻，他的不安就消失了。他为什么会这样认为？如果一定要这样问，除了第六感觉，他恐怕也无法回答了。

过了十一点，浅见的手机有了震动，显示的号码是月馆知美的。浅见走出房间，接通了电话。"我是浅见。"

话筒里立刻传来知美忧郁的声音。"查到了。高原紫是十七年前进公司的。当时的京都营业所所长是久信叔父。听叔父说，她是叔父的老朋友贺集先生介绍的。"

"贺集先生是怎样的人？"

"我没有见过，也是京都有信用的世家。"

京都？浅见一听，立刻就联想到了死在名张的男人。

"是贺集家的家主做的保证人，所以叔父才决定录用的。或许，因为是贺集家家主的请求，所以才无法拒绝吧。"

"贺集家与高原紫小姐有什么关系吗？"

"似乎没有。对一般人来说，贺集先生是高高在上的人。从我叔父来说，他不是可以追根问底的对象。不过，最初录用的时候就知道，高原小姐没有任何亲人。之后，春行与紫小姐有了那样的关系，虽然略微有些知道，也没有理由说不行。根本没想到的是，我父亲会如此强硬地反对这门婚事，更不用说完全没有想到，最后春行会自杀。一年后，高原小姐母子一同自杀时，叔父去贺集先生那里致歉。贺集先生似乎受了很大的刺激似的，只是说：'这样啊，给你们添麻烦了。'并没有表示不满或索赔。但是，因为有这件事，有一段时期与贺集先生的关系疏远了，连交易也停止了。"

知美解释过后，又继续问道："这，有什么问题吗？"

"啊，不是有什么问题，不过是我对高原小姐的父母是什么样的人感到有些疑问而已。根据从您那里听到的信息来看，贺集先生为什么会成为孤儿高原小姐的后援呢？纯粹像'长腿叔叔'那样做好事，还是有其他理由？"

"是啊。是这样哦。或许，是有什么特别理由也说不定。我再去问问叔父。"

他可是京都有势力的人啊！浅见感觉到，贺集先生与京都可能大有意义。名张的被害者是京都人，尊宫寺的大德尼也是京都的贵族出身。与"有势力的人"有关的话，光尊或许知道些什么。

回到房间，浅见来到大德尼面前"您知道京都一个叫贺集的人吗？"

光尊一听，惊讶地瞪大了双眼。"啊，贺集家怎么啦？"

浅见没想到大德尼的反应会是如此，他也吃了一惊。"那么，大德尼您认识贺集家的人了？"

"是的，我认识。不仅是认识，更是我学生时代的好朋友，比谁都更要好。"

"什么？是女士吗？那么，和我说的应该不是同一人。"

浅见将高原紫进月馆企业的经过告诉了大德尼。"推荐高原小姐的是贺集家的家主，应该是男士吧，还有一定的年纪了。"

"您说的是十七年前的事吧？"光尊开始计算。"那么，应该是我六十一二岁时候的事了。"

"啊，大德尼您有这么大年纪了吗？"浅见情不自禁地叫了起来，又立刻道歉道，"失礼了。"

"呵呵呵，没关系。僧侣与年龄没有关系。对了，十七年前，当时贺集家的家主是前纮先生，我好朋友的哥哥。应该比我大四岁吧。他在贵族中也是很少有的商业天才。第二次世界大战结束后，贵族制度解体，听说是他重建了摇摇欲坠的家族财政。"

"啊，是贵族啊。那么，贺集家应该是有相当渊源的了。"

"是的。与我们日野西家一样是藤原家的家系。日野西是室町时代的家名。贺集家是平安时代中期建立家名的家族。"

一说到家系呀家名的，浅见就有些犯晕。浅见家的家系怎么样了，浅见完全没有兴趣。但是，室町、平安等可以追溯到奈良时代家系的家族，现在还是存在的。真的好神奇啊！

"前纮先生是那样的人的话，与月馆家有交易也是很正常的。"

光尊的眼神在空中浮游，思绪已经回到遥远的年代。"前纮先生现在已经八十二三岁了。我想，应该还健在吧。

已经好久没有联系了,确切的消息并不清楚。"

"您和好朋友家断了来往吗?"

"是的。那已经是很久以前,还是我学生时代的事了。"

"您和您的好朋友吵架了吗?"

"没有吵架。我的好朋友叫贺集里美。里美小姐原本有很不错的结婚对象,但她和大学生私奔了。从此,不仅在我面前,也从世间消失了。"

"或许,她的结婚对象并不如意,她才逃了出来。"浅见说道。

"应该不是这样的。"

"那可不一定。无视本人意见,仅根据父母、家族间意向而推荐的婚姻,大部分都会导致不幸的结果。"

"浅见先生相当熟知人性微妙之处啊。"

"也没有。不过,月馆春行先生和高原紫小姐的故事就是这样的。我也就是有感而发吧。"浅见急忙找了个理由搪塞过去,不能说是从妙莲那里听来的。

"但是,月馆先生的例子是很特别的吧。现在不听父母之言结婚的事,已经不稀奇了。可在当时,如此大胆的行动会成为丑闻的。"

"是啊。战后,说是实行民主主义,崇尚自由,但还是很拘束的时代。要反抗家庭的时候,就要有舍弃一切的觉悟。尤其是女性,又没有生活能力。像里美小姐那样贯彻爱情第一的精神,可是非常不容易的。"

"那,里美小姐和她的丈夫之后怎样了?"

"之后的事,我完全不知道。那以后不久,我就根据皇室的意向，那才真的是按照父母选择的道路，开始走上了佛道……不过，贺集前纮先生有什么样的缘分将高原小姐介绍进月馆企业？"

"是啊。那正是我在意的地方。有没有办法向贺集先生确认？例如，像我这样的人前去拜访，也能够见我一面这样的。"

"嗯。我认识的前纮先生是一个很亲切的人。可已经过了半个世纪以上，或许性格已经变了。但是，贺集先生与樱香的诱拐有什么关系吗？"

"现在还不知道有没有关系。但是，想想贺集先生会推荐天涯孤独的高原紫小姐，或许知道高原小姐的身世，知道她的父母也说不定。"

"原来如此……"光尊点了点头，思考了一会儿。

"高原小姐和樱香出自同一个育婴院的吧？"

"是的。估计贺集先生像'长腿叔叔'那样援助高原小姐。而且与领养樱香的大德尼您同样，考虑到了她的将来。不管怎么说，一定有什么理由使贺集先生承担起了照顾高原小姐的义务。我想知道这个理由。"

"领养樱香，刚好是因为我遇见了育婴院的院长，说有学龄前姑娘在寻找领养者，我才想领养她的。当时，并没有想要她出家当比丘尼或要她继承住持一职。令人宽慰的是，樱香是个好孩子，所以我才有了这样对她的期待。"光尊笑着，双手合十。

"浅见先生，如果您一定想要知道，贺集先生有什么契机或想法介绍高原小姐去月馆企业的，那么，我就去拜访一下贺集先生,问问他看吧。"

"那个,大德尼您亲自去吗?"

"是的。为了樱香,我什么都可以做。"

"那么,我陪您一起去。"

"我也去。"妙莲立刻说。

3

第二天,浅见在光尊的指引下,前往贺集家。

从京都嵯峨野的大觉寺向西过去不久,就是贺集家雄壮的宅邸了。宅邸背靠小仓山的山脚,借着小仓山的景色而建。虽然月馆已经是相当大的家族了,可在京都拥有如此规模的土地,可见资产有多少,同时也能感觉到深厚的历史承袭。

贺集前纮作为代表京都产业界陶瓷工业的总帅,君临京都。虽然现在已经退居二线,可依然是京都财界不可忽视的存在。前纮已经八十三岁了,可精神矍铄,看似比实际年龄要年轻十岁左右。他听说光尊尼——日野西公子[①]来访,很是惊讶,同时也非常高兴能再次见面。

"已经半个世纪,不,更久没有见面了吧?虽然想说公子您没有变化,似乎不太现实,但您的面貌还是当时那样。"

[①] 公子是日本对贵族子弟的称呼,不分男女。

"呀呀,像我这样已经……我现在的名字是光尊。不过,贺集先生才是没有什么变化。真是怀念啊!"光尊多少有些害羞地寒暄着。

"真是很怀念啊!当时您还是女学生,上了大学后也常常来玩的。不过,这次突然来访,让我吃了一惊。听说您出家了,还以为您与俗世的人绝缘了……您这次有什么特别的事吗?还有,他们是——"

妙莲一看就能知道是陪光尊来的,但是对浅见,他却露出了诧异的神情。

"她是妙莲,负责尊宫寺的日常事务。这位是浅见先生,帮助解决目前我们面临的麻烦事。"

"哦,麻烦事指的是——"

"其实……"

光尊刚要开口,浅见突然插进来说:"在这之前——"

对此,贺集多少有些不高兴,皱起眉头盯着浅见。

"有一件事想要确认一下。贺集先生,您认识高原紫小姐吧?"

"紫……"贺集明显犹豫了。为什么这个年轻人知道那个名字?实在太意外了!"啊,认识。"

"贺集先生与高原小姐是什么关系?"

"关系……公子,啊不,光尊尼,我为什么要接受您带来的人的质疑呢?"

"实在对不起!这关系到我们遇到的麻烦的说明……还请您原谅我们的无礼。"

"这么说,这是您的意思吗?真令人惊讶!我不知道,为什么像您这样的人会提出这个话题?"

"您知道紫小姐有孩子吗?"浅见快速地问道。

"嗯……"贺集眉间的皱纹更深了。

"我还是不清楚。是浅见先生吧,你,不,光尊尼,到底是什么目的要问这个问题。请先说明。"

"其实,紫小姐的遗物在大德尼那里保管着。"

"什,什么……您刚才说什么?到底是怎么回事?"贺集对光尊提了一连串的问题。

"正如浅见先生所说,高原紫小姐的遗物,一个叫樱香的女孩,现在作为我的养女,在我身边生活。"

"不会吧……不,是真的吗?那么,紫的孩子还活着啊。"

"看您的意思,"浅见立刻说,"高原紫小姐果然是贺集先生的亲人。"

"……"贺集没有说话,只是盯着有些狂妄的年轻人。但是,对他挥来的刀刃,却无法抵抗。

"是的。"贺集点了点头后,对光尊说,"公子,紫是我妹妹的孩子。"

"啊,是里美的……"光尊张着嘴,像少女似的无法隐藏自己明显的惊讶。

"怎么回事?里美现在怎么样了?"

"里美已经去世了。"

"啊,那个,什么时候……"

"已经过了四十年了。生了孩子后不久,她就去世了。"

"……"光尊一句话都说不出来了。

浅见和妙莲也只有默默地守护在那里,再无其他办法。

"想起来,里美也是个可怜人。说到底,也是她咎由自取啊。"贺集用京都人特有的,或许说贵族出身的人特有的缓慢口吻叙述着。他一旦开了口,就停不下来,访谈就变成叙旧了。

"里美结婚的时候,好像是二十三岁的样子。那是父母决定的、没有什么感情基础的婚姻。这是她所有不幸的开始。"

里美嫁去的是三好家,也是有历史渊源的家族。大家都认为是良缘。婚姻出现破绽是第八年的时候。里美发现了丈夫的婚外情。由此契机,夫妻关系急速冷淡,让人有机可乘了。

当然,里美自身也有奔放的性格在沉睡着。里美和小她十岁的K大学生私奔了。不是手拉手逃跑那样突发的私奔,而是经过周密计划的私奔。桌上放着离婚申请书,女用的珠宝及其他饰品当然随身携带了,还拐带了相当金额的存款。怎么看,这都不是里美一个人的智慧,一定还有那个男人在背后唆使。

三好家族异常愤怒,虽然想尽办法没有闹到警察那里去,但作为贺集家,却也无法就这么算了。战后,虽然没有了扫地出门的说法,但也不得不采取与此同等的措施。

也许是察觉到了什么,里美再没有接近贺集家。原本里美就是高傲的女子。光尊在学生时代曾听她说过,要她一个人安安静静地忍受痛苦,她是怎么也做不到。

这句话变成了现实。"私奔"十年之后,贺集前纮收到了妹妹的信。信中写着:"女儿送到了育婴院"。女儿的名字是"紫",只写着奈良县生驹市育婴院的地址。为什么孩子会去育婴院? 里美自身,以及她"丈夫"的事都没有涉及。

前绂认为,这可能是里美的遗书。他将里美的信交给父母看时,却被告诫"不要管她"。其实,几天前,前绂不在家的时候,里美曾回过家。虽然衣服还算整洁,但她那像京都人偶般圆润美丽的脸型完全消失不见了,只剩下落魄的样子。父亲说:"要乞求回来吗?"里美说道:"您开玩笑。"说完,笑着离开了。

这是家人最后一次看到里美。贺集瞒着父母,秘密找寻里美的行踪。曾在生驹育婴院附近,有人目击到像是里美的女人。之后,就再也没有里美的任何消息了。

"说她去世了,并不是确认了里美的遗体。她还是没有任何消息。不过,我认为她已经死了。"

除了知道与里美一起私奔的男人姓"驮道",连他是怎样的人都不知道。去他就读的大学询问了,学校说没有姓"驮道"的学生。

在那之后的第三年,贺集的父母因恶性病毒感染,相继去世。

贺集确认了,生驹育婴院中有一个叫"紫"的孩子。不久,贺集请一个名为高原增子的独居艺妓帮忙,领养了"紫"。增子是贺集父亲包养的艺妓,贺集从孩提时代起就常去她那里游玩。

紫作为高原家的孩子成长着,在学校也是很有人气的美少女。因为享有贺集的援助，过着没有经济负担的生活。她称呼贺集为"长腿叔叔"，彼此之间很是亲近。但是，紫对自己不幸的出身，在育婴院时代就知道了。虽然平时显得很开朗，可总是免不了忧郁。

紫大学四年级的时候，增子生病去世。贺集请有商业交易的月馆企业帮忙，紫进了月馆企业上班。不久，紫认识了月馆春行。然后，结束了自己不幸的生涯。

这就是贺集叙述的关于高原紫的全部。

"听紫说起月馆春行的时候，我就有不好的预感。"贺集说道。

"因为，月馆家的家主是个对资格什么的特别严格的人。像紫那样的孩子，他肯定无法接受。我就想到，两人的关系早晚会破裂。"

"这些事情，贺集先生是听紫小姐说的吗？"浅见问道。听紫诉说自己的穷困状况却没有伸手帮忙，他该受到指责。浅见这样认为。

"啊不。紫与春行交往后，我没有直接见过紫。全部是通过西川——从小在我家长大的孩子——联系的。但是，听说紫从未诉过苦。尽管如此，我还是担心紫。尤其是春行先生去世后，我关照他们，要多注意她的周围，可……"贺集像是无法承受惭愧似的，抬头看向天空。

七原圣子看到的、拜访高原紫，驾驶进口车的男人，就是那位西川吧。

"不过，听说紫怀孕了，还平安生下了女孩，我终于安下心来。我非常高兴，为女孩命名为'樱香'。我怎么也想不到,她会带着深爱的男人的孩子一起自杀。"

贺集终于结束了讲述。围绕高原紫的"谜",几乎都清楚了。

"这样看来,"浅见说道,"贺集先生并不知道樱香还活着?"

"啊,不知道。"

"西川先生也没有掌握这一情况吗?"

"是这样的。他是个可以信任的人。"

在主人眼里如此有信用的人,这种场合是不适合对他提出质疑的。

"其实,刚才大德尼所说的、发生在尊宫寺的麻烦事是这样的。"

浅见将育婴院接到的奇怪电话、尊宫寺收到的信,到樱香被诱拐为止发生的一系列事由都作了说明。

"诱拐可不是什么平常事。不,这可是一件大事啊。"贺集皱起眉头,着急地说道。似乎他眼前的浅见,就是诱拐嫌疑人似。

"你们是如何应对的?有没有报警?"

"没有。按照对方所说,我们认为,送交警察会有危险。如果送交的话,虽然也会秘密进行,但尊宫寺周围环境比较开放,如果有警察的车辆进出,对方马上就会察觉到。而且,对方是什么目的尚不清楚。他们至今还没有提出任何要求。我认为有必要把这个搞清楚。假如必须要送交警察的话,我兄长与警察有关,我打算拜托他。"

"你兄长?"

听到贺集有些疑问的口吻，光尊插话说："浅见先生的兄长是警事厅刑侦局局长。"

"什么？是浅见阳一郎先生吗？那么，你父亲是浅见秀一先生……"

"是的。您认识我父亲？"

"当然认识……是嘛，你是浅见秀一的儿子啊！呀，太让人吃惊了！你父亲在我们公司最艰难的时候帮助过我们。京都那时，还是除了西阵再无大企业的时代。大藏省的年轻课长来京都，提示了今后日本产业应有的前景，还帮我们架起了与外国企业间的桥梁。不仅这些，阳一郎先生在京都任职的时候，将治安不好的京都治理得井然有序。是嘛，你就是那个浅见啊……"贺集用感叹的神情看着有些困惑的浅见。

之后，所有的事进行得都很顺利。贺集说，如果需要什么，都可以做。考虑到目前可能会有经济上的需要，还递上了一个厚厚的信封，称之为"慰问金"。

当然，光尊很是吃惊，并坚持婉拒。

贺集却说："这是给菩萨的供品。"就将信封递给了妙莲。

妙莲没有像光尊那样客气，收下了信封，并致谢道："非常感谢您的好意！"

贺集叫来了西川，把他介绍给大家。这是一个五十岁左右、很是忠心的男人。名片上印着：贺集财团事务局理事西川丰。西川年轻的时候，一直跟在贺集身边，像是秘书；有时还像贺集的分身一样行动，成了贺集的左右手。高原紫进入月馆企业后，西川也根据贺集的意愿在照顾她。

"真的不知道樱香小姐还活着。都是我太愚蠢了。"西川脸上浮现了沉痛的表情，向主人深深地低头致歉。

光看他现在的样子，谁都不会认为他是在背后策划诱拐樱香的人物。但是，他还是有值得怀疑的地方。不管怎样，事实上，西川是对高原家的事、紫和樱香的周围都知道得很清楚的人之一。

"等一下能和您谈谈吗？"浅见在西川耳边轻轻说道。

西川用有些惊讶的眼神看着浅见，点了点头说："明白了。"

尊宫寺的客人准备离开，贺集却要留下大家，在名为丸山的店里请大家共进午餐。丸山是在建仁寺附近的日式餐厅。虽然没有吉兆、菊乃井那么大，也没有那样的历史，却是最有人气的餐厅。或许是因为两位尼僧在的缘故，料理以精进为中心。不过，为了贺集和浅见，另外准备了稚香鱼的料理。对浅见来说，这可是难得的高级午餐了。

光尊和妙莲因为担心樱香的人身安全，没有心思进餐。浅见看到她们的样子，也无法安闲地享受料理了。

浅见用手机拍摄了在座的全体人员，称之为"纪念照片"。对基本不使用手机摄影功能的浅见来说，那是有目的的。当然，主要目的是西川。浅见打算将照片传给七原圣子，确认在法隆寺车站接近樱香的人是不是西川。拍摄的几张照片中，有一张是西川脸部特写。浅见离开座位，在洗手间偷偷给七原的手机发了邮件，并传去了照片。

宴会中，贺集多次叮嘱光尊："如果嫌疑人要求赎金，一定告诉他们多少都给。绝对不能反对他的要求。虽然浅见先生也在场，但暂时还是不要报警。不管怎么说，一定要有耐心。"

贺集说话之时，浅见的手机震动了。七原的邮件来了。浅见说了声"失礼了"，就走出房间看邮件去了。

"真是令人吃惊！就是这个人，没有错！他是谁？"

浅见立刻给七原回了邮件，告诉她，这个人不需要担心。

回到房间，大家刚好准备走了。

西川陪着贺集回贺集家去。浅见将大德尼和妙莲送到有名的甜品店"键善"。

"请在这里边吃葛根糕，边休息一下。"

"我们没有那么多时间啊。"妙莲对浅见突然的提议有些困惑。

光尊却安慰妙莲道："就这样不好吗？浅见先生肯定有他的主意的。"

将两人留在键善后，浅见与西川取得了联系，约好在布赖顿酒店见面。那是一间在年轻女性中很有人气的风格明快的酒店。

西川的脸色有些黯淡。从浅见和他说话起，他就有了不好的预感也说不定。

"请您出来，真是对不起。"浅见一开始就放低了姿态。

"没关系。浅见先生有事的话，在贺集先生面前，我没有办法拒绝。"西川有些讽刺地说着。

"我们开门见山直说吧。西川先生，您对樱香的事，知道多少？"

"知道多少是指——"

"也就是对樱香还活着这件事，您是什么时候知道的？请告诉我！"

"啊……"西川想了一下，下定决心似的开了口。"知道樱香还活着，就是最近的事。是从某个人那里得到的信息。"

"信息来源是能势女士吗？"

"能势……你是指名张医院的护士吗？不，她的嘴很紧。紫小姐去世时，我向她打听过事件背景。她说那与个人隐私享抵触，怎么也不肯说。告诉我这件事的是一个叫葛谷的男人。"

"一匹狼的勒索者。"

"你知道啊？"

"在名张被杀害的那个人。"

"是，是那个男人。葛谷突然来和我接触，说月馆春行先生与紫小姐的孩子还活着，就在尊宫寺。还威胁说：这是好消息，但对贺集家来说，却是个大丑闻。估计他是想做些什么吧。不管怎么说，我非常吃惊。如果他说的是事实，我想，樱香小姐当然应该由贺集家领回。当时我还是半信半疑的，后来就发生了葛谷被杀事件。这在增加了葛谷所说之事的可信度的同时，我也感觉到了危险的迫近。为了确认事实，我采取了一些行动。可差了一步，没有成功。所以，至今也没有向贺集汇报。"

"那么，上个星期一，在法隆寺车站想要和樱香交谈的，果然是西川先生了?"

"呵……这,为什么……"西川的脸上现出了无法相信的神色。"正如你所说,我在樱香小姐身边监视过。那天在法隆寺车站见到她,想和她说话时,有个女人忽然插进来,带着樱香走了。那个女人会不会是诱拐犯?"西川认真地问道。

看着他认真的脸,人们大概不会认为他是诱拐犯。浅见也收起了自己的矛。

"今天与西川先生见面,在这里所谈的一切还请您保密。您认为如何?"

"如果可能,我也希望如此。尤其是有可能发展成杀人事件的麻烦事,我也不希望介入。贺集知道了的话,一定会训斥我为什么没有立刻汇报。"

两人之间取得了相互理解。浅见告别西川,前往键善。

过了下午五点,浅见一行回到了奈良。问过留守的清心后知道,没有接到过像是嫌疑人的来电。

"事件"发生已经整整两天了,还是无法知道嫌疑人的目的。浅见已经找不出可以安慰大德尼和妙莲的话了。

4

樱香似乎听到有人在争吵,就醒了过来。不知道什么时候,她靠着书桌,迷迷糊糊睡着了。整天被关在狭小的房间里无事可做,虽然脑子里会浮现出各种各样的想法,可实际上什么都不能做。

　　隔壁房间传来了女人的声音："樱香小姐……"刚才，或许就因为这个才醒来的吧。听来却不是在叫自己，是女人与男人在争吵中说出的话。樱香竖起耳朵听着。

　　她将耳朵贴在墙上，却听不到其他词语。或许是担心隔墙有耳吧，说话的声音放得很低。但樱香还是听到了"磨果磨果……"的声音。好像是就为了如何处理樱香在争吵的样子。"磨果磨果"的声音持续了一段时间，最后男人扔下"知道了"的话，就是粗暴地开门关门的声音。会话结束了。

　　大概有三四分钟的时间里，没有女人的声音。樱香还以为她出去了，却听到隔壁传来清晰的叹气声。女人站了起来，打开了门。这些动作在樱香，似乎能看见似的清晰。

　　樱香的房间传来了敲门声。"樱香小姐，要上洗手间吗？"女人问道。

　　樱香立刻回答道："好的。"

　　"那，将眼睛蒙起来。"樱香拿起书桌上的布，蒙上了眼睛。她已经习惯了，打结的手法很是熟练。

　　站在门前，她听到了开锁的声音。门被打开了。樱香被女人拉着，行在走廊上，转过一个弯，走到底就是洗手间。樱香暗暗记下了走过的步数。

　　进了洗手间，他取下蒙眼布。洗手间有采光用的窗户，却无法看见外面的样子。上完洗手间，蒙上眼睛，她给女人发了个信号。然后，又被女人拉着手，回到了房间。

　　这样的生活已经过了三天。开始的时候，樱香还很害怕。当知道女人没有加害自己的意思，樱香的心情有些宽松了。

饭是一天三次由女人送到房间来的。除此之外，还有饮料和点心。这比以精进料理为中心的饮食要好吃，却让樱香感到不知所措。令樱香烦恼的是上洗手间和洗澡。但女人时不时地关心着，倒也没有让樱香感到不方便。只是，洗澡时毫无防备的状态，让樱香有些担心。不过，知道女人在脱衣处外面站岗，樱香的不安也就解除了。洗完澡出来，脱衣处放着新的内外衣，樱香有些吃惊。

对女人的用心照顾，让被害人的樱香都觉得有些不好意思了。女人也不是一直在家里看着樱香，而是在樱香差不多有需要的时候才会出现，会敲敲门问问樱香。

一个人被关是件痛苦的事。樱香比普通的孩子像是受到了更多的训练，没有哭也没有吵闹。

女人也钦佩道："你真是个不爱哭的孩子啊。"同时，也可以认为她是在说樱香有"冷淡的性格"。实际上，在樱香至今的人生中，确实没有无理哭闹的事发生。

尤其是到了尊宫寺，每天参加晨课、晚课后，也就在无形之中掌握了控制心情的方法。即使遇上这样不可预测的事情，闭上眼睛，大德尼和菩萨温和的脸庞就会浮现，自己的心也会变得平稳了。

或许，这就是菩萨对我的考验了。突然，樱香想到了这种可能。这是她至今为止从没有过的想法。

对年仅十二岁，世人看来还是黄毛丫头的自己，会被认为这是她的狂妄想法罢了。然而，对樱香来说，这是她的真实想法。樱香曾在什么书上看到过，释迦牟尼菩萨在各种恶魔、诱惑、恐惧中修行，领悟了佛道的真谛。正因为有了这样的记忆，所以才会有这样的想法吧。

现在，樱香担心的是大德尼和妙莲怎么样了。虽然女人告诉樱香说："已经将你平安无事的事告诉她们了。"但这并不能解除大家心里的不安。她们一定正在担心发生在我身上的事。

浅见先生也会来吗？只要他在，自己一定能被救出来的。樱香没有任何理由地相信着。

在净琉璃寺两人一起散步的那天，她感觉已经是很久以前的事了。在樱香的眼中，浅见像是年龄差得比较多的兄长那亲切、可信赖的存在。当初，樱香被浅见说她与阿修罗像很像时的冲击，每次在樱香看镜子时都会复苏。每当这个时候，樱香就会想起大德尼所说的"和颜悦色"，努力让自己的脸上一直保持微笑。即使在没有镜子的房间里，这个习惯依然保持了。

手表也被搜走了。这个房间没有窗户，樱香无法判断时间的流逝。她只能从就餐、就寝等活动来区别昼夜。

另外一个让樱香担心的是学校。想到教室里自己的书桌空着时的情景，想到同学们不断进步，自己的存在在教室里越来越轻微时，寂寞感便会涌上来。到底自己什么时候可以被解放呢？想着这一切，心情也变得焦躁起来。

樱香对端晚饭来的女人提出了这个问题。"我要被关到什么时候？"

女人有些为难地沉默着。过了一会儿，小声地说："再等等！请再等等！我已经在请求尽快让你回去了。"

"请求，向谁？是那个男人吗？"

"不是的。"

"那，是谁？难道还有其他坏人吗？"

"坏人……"女人苦笑了一下。肯定是觉得樱香将自己归在"坏人"行列里的口吻感到奇怪吧。

"不是这样。是支付赎金的人。"

"啊，这样啊……"樱香终于弄明白了事态。

"但是，尊宫寺、大德尼可没有钱啊。"

"这个我们知道。但是，在你不知道的地方，为了你，有愿意支付几千万的人存在。"

"什么？那是谁？为什么要那样做？"

"这就不要你管了。你只要安安静静地呆着就行。最好不要有什么疑问。知道多了，就不能让你活着回去了。什么都不知道，将来也什么都不知道最好。不然，会有大麻烦的。不要忘了，知道吗？"

女人脸上现出了从未有过的恐怖神情。她的脸比樱香更像阿修罗，此刻却显得非常丑陋。

天命

1

再接到电话的时候,浅见正准备离开尊宫寺回宾馆。他由妙莲陪着,刚要走出大门。

听清心说接到电话了,妙莲赶快回里面去了。一转眼,她又慌慌张张地跑了出来。"浅见先生,不好了!刚才接到月馆会长的电话,要求支付樱香的赎金。"

妙莲拉着浅见的手,进了大德尼的居室。

"根据月馆先生所说,一个女人的声音说,樱香在她手上。如果想要樱香平安回来,就要支付一亿日元。还威胁说,如果报警的话,就不能保证樱香的生命。"

光尊闭着眼睛,双手合十,默默地在祈祷。

"是嘛,目标是月馆家啊。如果说当然也是当然了。"

对方一定知道以尊宫寺为目标不会有什么成果。而且,以月馆家为目标,一定是熟知因樱香引起"家庭事件"的人了。

"会长在等浅见先生的电话。"

妙莲给浅见看了电话号码,似乎是直通正行的。浅见拨号后,电话铃才响了一下,正行就接了。

"浅见先生,估计你已经听妙莲说了吧。事情很棘手啊。怎么办好?要不要报警?如果要报警的话,我和三重县的警察很熟,我想他们会酌情处置吧。"

"请先不要报警为好。两天前,我们这里也接到了电话,还没有报警。"

"啊,尊宫寺也受到恐吓了?"

"不,不能算是恐吓。当时,只是说樱香在她们那里。估计,嫌疑人也知道恐吓尊宫寺不会有什么收获吧。"

"原来如此。但是,这种事不是报警比较好吗?"

"警察早晚会介入的。如果一着不慎,很有可能将嫌疑人逼入绝境——即使最初没有那样的想法,不能保证会演变成最坏的事态。目前,嫌疑人应该处在高度紧张的戒备状态中。不要刺激他,让他放松警戒比较好。对了,关于赎金交付,嫌疑人有说法吗?"

"还没有。嫌疑人说之后再打电话,以确认这边有没有支付赎金的意思。"

"您有支付的意思吗?"

"当然。与樱香的生命相比,一亿日元不算什么。"

"这下我就安心了。嫌疑人也一样吧。只要会长表示出有这样的度量,估计他也不会采取暴力行为吧。"

"是这样吗?能相信吗?不会拿了钱后,怕被抓就将樱香杀了吧?"

"不会。刚好今天是周六。即使来要赎金,还有今明两天可以利用。不过,还是要做好最坏打算的准备。不管怎样,我现在就过去,商讨善后对策。请下缄口令吧!"

"缄口令……我明白了。等着你。"

浅见感觉到正行有一刹那的困惑。挂了电话,浅见站了起来。

出了尊宫寺,浅见在车里给兄长阳一郎打了电话。

"事态有什么变化了?"阳一郎一上来就这样问道。他知道,弟弟直接打电话来,肯定有要紧事。

浅见将樱香被诱拐的经过作了说明。浅见还以为兄长会为拖延报警之事训斥自己,意外的是,阳一郎并未因此跟他计较。"你这样判断的话,就如此吧。问题是今后——"

"关于这一点,又有麻烦事要拜托老哥了。"

"哼,你拜托的事什么时候不麻烦?说吧。"

"四十九年前,K大学有个姓'驮道'的男生,'驮物'的'驮'和'道路'的'道'。因为中途退学,没有他的完整记录。怎么样?可以做他的追踪调查吗?"

"四十九年前?我还没有出生呢,好久以前的事啊。学生名册上没有名字的话,相当困难。不过,可以依靠那个奇怪的姓试试。那可是听过一次就不会忘记的姓氏。询问同期的同学，或许有人记得。啊，还有其他方法……那个男人是诱拐嫌疑人吗？"

"还不太清楚，但他是目前唯一一个没有任何消息的人，让我有些介意。"

"什么时候要？"

"明天，行吗？"

"明天？哈哈哈，你开玩笑吧？"

"不，是真的。估计这一两天内嫌疑人会要求支付赎金。"

"多少？"

"一亿日元。"

"好大的口气！"

"估计也是狮子大开口吧。实际上，三千万或五千万应该就可以了吧。一亿日元搬运起来，也不是那么简单的事。"

"原来如此。这是适当的金额吧。啊，可能的话，会尽量往后延延。不过，没有保证。"

"明白了。那就拜托了。"

晚上九点前，浅见到了鸟羽的月馆家。七原开了门，极度紧张的样子。她看上去脸色有些发青，估计不单纯是灯光的关系。但是，浅见更担心的是，事态已经发展到七原都知道了。不知道缄口令是否来得及。

月馆正行穿着居家服迎接浅见。他坐在皮质大沙发上，身旁是执事荒井。正行的身体本就不好，现在又遇到这样的事，可谓雪上加霜啊。背靠着椅子坐着的正行，此刻给人相当辛苦的感觉。

　　寒暄过后，浅见首先问了自己很介意的问题。"刚才，我请您下缄口令。知道这件事的都有谁？"

　　"嗯？那个……"正行的脸上现出了困惑的神情。

　　"最初接电话的是百合子。酒井百合子也是佣人，然后由七原接听。当时在场的还有荒井，其他几人也应该都听到了。之后，我和我的两个弟弟商量了。和浅见先生通话后，我立刻下了缄口令。这个家的人都知道要保密，想来不会泄露出去的。"

　　"是这样啊。那也没办法了。"

　　浅见嘴上这样说，内心觉得正行说的不会外泄是没有保证的。附近日式餐厅的女主人对月馆家的事情知道得如此清楚，不是没有理由的。

　　"社长不在吗？"

　　"啊，知美正在东京回来的途中。已通知她了。"

　　这种事务，不得不根据知美社长的意向来处理了。虽然对月馆家来说，一亿日元不算什么，但实际的家主是知美社长。

　　"其实，樱香小姐的另一个根脉查到了。"浅见说道。

　　"嗯？另一个根脉是指樱香母亲，也就是高原紫小姐的出身吗？"

　　"是的。"

　　"听说进公司的时候，紫小姐的父母已经去世。她没有亲人，天涯孤独。"

　　"是的，户籍上的母亲高原增子在紫小姐进月馆企业前一年去世了。她是紫小姐的养母。紫小姐的亲生母亲是一位叫贺集里美的女士。"

"贺集？是京都的贺集家吗？"

正行很是吃惊，身体情不自禁地往前倾。荒井慌忙伸手扶住，正行却挥手不要。

"太吃惊了！听说贺集先生是紫小姐的介绍者，没想到会有血缘关系……原来如此，是这样的啊。不过，为什么那个贺集里美，是这样称呼吗？贺集家的女士是母亲……什么理由？"

"里美小姐是贺集前纮先生的妹妹，由于某些事情离开了夫家三好家，隐藏了自己的行踪。"

"哦，三好家不也是名门吗？嗯，某些事情，是私奔这样的事吗？"

"真厉害！您知道啊。"

"哈哈哈，这种事，我这样的老人怎么会不知道呢？但是，贺集家和三好家都是京都的名门。如果发生了不义私通，而且还私奔的话，那可是相当大的丑闻了。"

听到正行使用"不义私通"类似死语的单词，浅见不由笑了。可立刻想到现在不是开心的时候，脸又阴沉下来。

"贺集先生的妹妹，里美小姐怎么了？"

"贺集先生说是去世了。里美小姐将才出生的紫小姐放到育婴堂后，再也没有消息了。估计她是自杀了吧。"

"这样啊……如果这是事实的话，与紫小姐的情形非常类似。母亲和女儿居然都采用了同样的死法，太悲剧了……是嘛，去世了啊。如果健在的话，也有相当年纪了吧？"

"应该是七十九岁了。"

"嗯，跟我差不多年龄。不过浅见先生，你居然能查到这个地步。"

"是因为我对贺集先生介绍紫小姐进月馆企业觉得有些不可思议而引起的。而且，还有没想到的偶然和好运。里美小姐和尊宫寺的大德尼是女校时代的同班同学。"

"啊，怎么会……"正行闭上了嘴，身体往后，靠在沙发上，嘟哝道："是佛缘啊。"

浅见没有想到佛缘之类，却也感觉到像是天命这样的东西在起作用。

"但是，如果是这样的话，嫌疑人不要针对我们，直接恐吓贺集家不是更好吗？贺集比月馆可更是名门啊。"

"我不认为会这样。"浅见苦笑着说。

"估计嫌疑人根本不知道现在我所说的，紫小姐出自贺集家。贺集先生本身也不知道樱香小姐还活着。对了，之后，嫌疑人没有再联系吧。"

"啊，什么都没有。不管一亿还是多少，这边都已经准备好了，为什么还慢慢吞吞的？"

"或许在为如何交付赎金而烦恼吧。一亿日元的体积、重量都不是可以忽视的。如果再考虑警察的通缉，就更觉得为难了。"

"不是说不要报警吗？难道不相信我们吗？"正行说，"愚蠢的东西！"他无精打采地闭上了眼睛，一副疲惫不堪的样子。

"该休息了。"荒井担心地劝道。

正行听话似的点点头,"嗯嗯"地伸出了手。

荒井将手伸到正行的腋下,帮他站了起来。"浅见先生,今晚住在这里吧。"说完,正行摇摇晃晃地走出了房间。

像是一直在紧密关注这里发生的一切似的,七原圣子适时现身了。"我带您去房间。"

"谢谢。"

七原在前面带路。走过长长的走廊,转了两次弯,就是客房了。这是和宾馆的总统套房同型的房间。进门后是起居室,里面的卧房里放着两张单人床,再里面是浴室。房间里备有冰箱、点茶的道具等。

七原也不管浅见的意思,给他泡了茶。或许,是打算找个借口与浅见说话也说不定。

"樱香小姐出了这样的事……"七原一边将茶放在桌上,一边说。

"真是的。被你救了之后,尊宫寺一直很注意樱香的周围。很遗憾,还是发生了最恐怖的事情。"

"我再注意些就好了。"

"不那么容易。你还有这里的工作要做。不过,你还能有时间去奈良,我才觉得不可思议。"

"也不是说有多少时间。我每周休息两天。知道樱香小姐还活着后,休息天尽量去奈良,一边参观如意轮观音菩萨,一边期待能见见樱香小姐。已经成了习惯。偶然,也会从远处眺望放学途中的樱香小姐。那天,我也是去看樱香,所以才遇到那样的事。我不认为那是偶然的。这样说或许很奇怪,但我觉得,我和樱香小姐有缘分。可能是她的母亲紫小姐的在天之灵在引导我们吧。"七原握着双手，热心地说着。

浅见却想着，不会吧。不过，看着七原认真的神情，浅见也不敢笑了。

2

浅见本来想要早起的，或许是太累了的缘故吧，竟跟平时一样睡过了头。时针已经指向八点半了。察觉到这个家里的人已经有了动静，浅见也慌忙起床，漱洗后来到走廊。

刚好七原过来，便招呼道："早晨好！"或许不是时间刚好，七原一直在等浅见出来也说不定。

在七原的带领下，浅见来到饭厅，知美已经在饭厅了。据说，她昨天晚上很晚才到家的。

"现在才起床。刚好，早餐与浅见先生一起，没问题吧？"知美若无其事地说着。

她也是特意在等着浅见的吧。早餐是火腿、鸡蛋和烤面包。不知为什么，这和浅见家的早餐很是相似。最近，浅见在宾馆吃的一直是日式早餐，对这种早餐反而有了新鲜感。

"我不在的时候，出了这么大的事！太让人吃惊了！"知美一边撕着面包，一边说。

"我父亲说，浅见先生来了就没问题了。可我还是担心。真的没问题吗？"

"没问题……呀，有问题就糟糕了。"浅见怕知美会错意,特意认真地说,"但是,我要对知美小姐说真话,没有绝对的事。事实上,嫌疑人已经杀了一个人了。"

"啊,真的吗?"

"是真的。就是名张市郊的杀人事件。被杀害的男人是与樱香接触过的人。在这个时候被杀,无法想象与这次诱拐没有关系。虽然警察的调查还没有结论,但百分之九十九可以认定,凶手与诱拐嫌疑人是同一个人。不清楚他的动机是什么,不过,他看上去行事果断,心性残暴。所以,不能太逼迫他,以防不测发生。关于这一点,会长干脆地说过,会支付一亿日元。我也因此松了一口气。"

"关于这一点这样做好不好,我还有疑问。嫌疑人拿到钱后,会不会杀害樱香小姐?"

"会长对此也有担心。不过,我认为,可能性比较低。刚才我也说过,没有绝对的事。但我相信,温和地处理是避免危险最有效的方法。"

"真的如此吗?报警会不会好些?"

"不会。"浅见将声音压得更低些。"如果警察有动作,嫌疑人肯定会强硬起来。现在,他们尚在观察着这边的动静,判断是不是真的没有报警。他们也非常不安。"

"他们知道这边的动向吗?"

"知道吧。也许,他们也察觉到我干预了。"

"什么,怎么可能……也就是说,嫌疑人可能就在我们身边?"知美往七原所在的厨房瞥了一眼。

"不否定各种可能性是我的行事方法。例如,我就有可能是嫌疑人的同伙哦。"

"怎么可能？请不要开玩笑！"

"这不是玩笑，我不过是反着说而已。"

"啊，就是说，我也是怀疑对象了？太过分了！"

"让您不快了，我道歉。但是，从动机来说，怀疑对象不少则是事实。发生诱拐事情后，知道春行先生、紫小姐和樱香故事的人突然增多了。这个家里的人是当然知道的了。外部的人扩展到什么程度还不知道。现在开始，缩小知情范围。"

"真是讨厌……"知美一副快要哭出来的表情。

"我这样说，很是失礼。可侦探是个让人讨厌的工作，一定要怀疑人啊。借您的话，我可不是侦探。而且，也不是无故就怀疑人的。不过，会考虑更多的可能性。再从这个可能性出发，从满世界的人中找出最适合特征的嫌疑人，将焦点集中到他身上。这就是我的方法。"

"最适合特征的嫌疑人——奇怪的表达。但确实是这样的。那么，我是最适合特征的嫌疑人吗？"

"是的。知美小姐离嫌疑人的资格还很远呢。"

"啊，太好了！"

两个人首次笑出了声。但是，察觉到七原端着红茶过来的动静，赶紧换上了认真的表情。知美用审视的眼睛，察看七原是不是最适合特征的嫌疑人。

从浅见的逻辑出发，七原也是有力的嫌疑人候补之一。关于樱香的事，她最清楚，而且在月馆家尽力工作已经二十五年以上了。没有结婚，却并没有为此而受到优惠待遇。或许，她有什么说不出口的强烈不满也不一定。

"圣子，你现在多大年纪了？"社长突然问道。

七原很快看了看浅见，犹豫了一会儿说："已经四十四岁了。"

"是嘛。你不准备结婚了吗？"

"也没有这样决定。"

"那，还是早些决定为好。像我这样的说不后悔，那是撒谎。我常常想，还是该结一次婚的。但是，这种心情对结婚对象来说，可能是灾害吧。说起来，浅见先生你也是独身吧。你打算怎么办？"

枪口转向了自己，浅见苦笑了一下。七原也被引出了兴趣，站在那里没有离开。

"我这样的人没有生活能力，暂时是不可能了。"

"与生活能力没有关系啊。糟就糟在太有生活能力了，像我这样。留意一下，我们家独身的人很多啊。已经过了结婚适龄期的有圣子、百合、美幸、蒲生、潼泽、驾驶员土屋。对了，还有荒井，也是独身吧。啊，男人也就算了。从少子化的角度考虑，女性还是应该结婚的，担负着日本将来的人才培养呢……我没有资格说这种话的吧？"

"关于这一点，我也是一样。集中到月馆家来看，接班人的问题就让会长头痛，不是吗？"

"啊，是的。只在这里说哦！其实，我的叔父们和堂兄弟们也有各种各样的想法。我是无所谓，可我父亲却很执著。月馆家从创立开始到我是第四代。第五代就没有直系继承人了，觉得很是遗憾。所以，知道樱香小姐后，情况就发生变化了。嘴上虽然不说，但心里还是想让春行的孩子继承的吧。"

"也有人想要阻止这件事吧。"

"嗯……啊啦，那，你是指叔父们吗？"

"我可没有那么说哦。"

话题变得敏感起来，七原偷偷回到了厨房。

"是啊，确实可以这么说。想想，樱香小姐最可怜了。被扔掉，还被人当作障碍。最后，还被诱拐了……如果，再发生最坏的事情……浅见先生，请务必救救那孩子。"知美终于认识到事情的严重性，满是难过的眼神看着浅见，说道。

"是。尽我的全力。"

话是这样说，可即使有百分之一的意外，还是让浅见难以心安。如何改变目前的危险状况，让僵局软着陆是关键。而且，最终还必须让警察能够逮捕嫌疑人。

回到自己的房间，他像是想到了什么，就给京都的报社打了电话。解决古董壶事件时，曾帮过自己忙的女记者栗原在那里。虽然是星期天，浅见运气不错，栗原还在报社。接到电话的栗原叫了起来："啊啦，浅见先生。"

"那时多亏您帮忙。"

"说什么啊。是您帮了我们的忙。现在在哪里？到京都来了吗？"

"啊不，现在在鸟羽。"

"嗯，三重县啊。发生什么事了吗？"

"差不多吧。其实，我有事想请栗原小姐帮忙。"

"是什么？尽管说。"

"是差不多五十年前的事了。围绕京都的贺集家和三好家,发生了丑闻。"

"贺集家与三好家,都是京都的名门。是什么事?"

浅见有选择地将事情经过告诉了栗原。栗原一直嗯嗯地应和着,估计在一边记笔记,一边听。

"这样的丑闻,贵社不会报道吧?"

"没有这种事。其实,我们报社有对当地话题感兴趣的倾向,或许有纪实报道。我去查一下。"

"那就拜托了。"

"为了浅见先生……不过,是很久以前的事了,不知道当时的资料还有没有保留着。五十年前,是我出生前很久的事了。"栗原强调了这一点。

浅见也没有抱太大的希望。却没想到,还不到三十分钟,浅见的手机震动起来。是栗原的电话。

"刚才您说的事,我在部内问了,刚好大平一辉——我们报社的论说顾问,知道这件事。那还是他刚当记者好不容易到手的材料,却被总编骂:如此庸俗的话题如何报道。所以他的印象很深刻。名门之间的纠纷,在当时京都成了热闹话题。K大生好像姓'驮目'之类的,是稀少的姓氏,反而容易记住。好像那个人是佐贺或长崎人,是九州那边的。"

K大生的正确姓氏是"驮道"。浅见谢过栗原后挂了电话,又给兄长打了电话。

"不要心急啊。结果还没有出来呢。只知道这个姓氏不是关东地区的。"阳一郎有些不耐烦地说。

"啊,我这就是为这事打的电话。那好像是九州的佐贺县或长崎县的姓氏。"

"是嘛。明白了。知道了这些,就好做多了。"

实际上,之后警察的调查速度充分体现了日本警察的能力。三十分钟后,阳一郎打电话进来。

"你说的K大生无法确定。不过,在佐贺县多久市的南多久町大字长尾那里,一个有叫'驮道'的地名。先将这个信息告诉你。那个小村落是驮道这个姓氏的由来。现在还有姓'驮道'的家庭。估计你说的那个人也是那边的出身吧。"

"谢谢。知道了这些,我也容易调查了。"

阳一郎还想问些什么,浅见怕话题变得越来越麻烦,急急忙忙挂了电话。

浅见去了正行的房间。

"浅见先生,现在怎么样了?"他的焦躁感无法隐藏。

从那之后,诱拐犯没有再联系,他心里的不安越来越强烈。或许是知道星期六银行休息,无法交付赎金吧。不过,也应该有交付方式的交流吧。

月馆正行问:"他到底在想什么?"

浅见也是同感。但是,嫌疑人没有动静或许也不是坏事。在这之间,他还有很多要做的事。"我要去一下佐贺县。"

听浅见如此说,正行非常吃惊。"去佐贺县,干什么?是工作吗?"

"当然与事件有关。有些事让我很是在意。"

"哼,佐贺县与事件有什么关系呢?"

"现在还说不上来。"

"但是，从鸟羽去佐贺很远啊。你打算怎么去？"

"从名古屋搭飞机去福冈，打算在那里租车去。去佐贺县一个叫多久市的地方。不太方便，估计五个小时可以到。不管怎样，明天傍晚我就回来了。"

"是嘛。没关系吧？浅见先生不在，让人感觉不安啊。"

正行沉着脸，看着浅见走出了房间。

3

浅见开着 Soarer，两个小时后来到名古屋机场，刚好赶上十三点四十五分飞往福冈的 JAL440 航班。下午三点多，就到达了福冈机场。在机场租了车，他直奔多久市。

多久市几乎在佐贺县的中央，与佐贺市、小城市、唐津市、伊万里市、武雄市等邻接。是一个人口两万左右的小城市。因为有高速长崎自动车道的多久出入口，交通还算方便。从机场开车一个小时左右，就进入了多久市的中心。

南多久町大字长尾——导航仪还有显示，可"驮道"这个地名却找不到。星期天，政府机关都休息，浅见只能找警察问路了。

听浅见说要去南多久町长尾的驮道，警官很是诧异。

驮道是在被标高较低的山围绕的盆地中的村落，真的很小。山的斜面几乎都被梯田填满。有十户左右的人家散落在田地之间。斜面的梯田大部分都是橘子田，绿色一片的中间,散落着点点小白花。看上去,像是一张巨大的绿色花样地毯。路上没有行人。当不熟悉的车开过时,从老旧房子里走出一个大妈来。

浅见下了车,满脸微笑地走近大妈。可大妈却像是要逃回房子里去。

"对不起。请问,这附近有没有姓'驮道'的人家啊?"不要刺激对方的警戒心,浅见与大妈隔了适当距离,开口问道。

大妈摇了摇头,说:"没有啦。以前有两家,现在都不在了。"

大妈的口音很重,浅见勉强能听懂她在说什么。"那是什么时候的事?"

"最后一家是两年前。九十一岁的佐纪江老人去世后,就没有人了。"

"那户人家有没有去上京都 K 大学的男孩?"

"不太清楚。"

大妈看上去五十岁左右。驮道上大学的时候,她才出生的吧。不知道就是当然的了。

"那么,去多久高中问问,不就清楚了?"大妈告诉浅见。

"这里附近的孩子,都是多久高中毕业的吗?"

"是啊,多久市只有一个高中啊。"

浅见道谢后,回到市内。很快就找到了多久高中。高中在市议会大楼北面,位于市区边缘地段。比想象的要宽敞得多,体育馆也很气派。校舍的外壁耸立着攀岩墙的岩壁,让人吃惊。

虽然是星期天,也是接近傍晚的时分,操场上足球部还在练习。浅见走进学校,来到教师办公室。值班的老师有两人。

"我想请教一下大约五十年前,多久高中一个学生的事。"

"啊,这么久以前的事吗?"森上老师有些困惑地歪了一下头。

"没有保存学生名册之类的吗?"

"那是有的。不过,都在仓库里,要找出来可不太容易。那么,你想问谁的事?"

"姓'驮道'的学生,考上了京都的K大学。估计是非常优秀的学生吧。"

"确实,从我们学校考上K大,是非常少有的。可以说是天才吧。那个人怎么啦?"

"其实,从某个时期起就没有他的消息了。有人希望找到他。"

"就为了这个,你特地从东京来?"

森上露出了无奈的表情。可想到浅见特地从远方过来,感到有些可怜,稍微想了想说:"问问那个人可能会知道吧。他是现在的同窗会会长山田实。那个人现在大概六十八九岁吧。他们刚好差不多时期毕业。问山田会长最好了。他是市议会大楼附近超市的社长,一直都在店里。"

浅见根据森上的指引,去了超市。山田会长是个身材高大的绅士。一说"驮道",他立刻就知道了。

"啊，是驮道元博的事啊。好久没有听到这个名字了。是啊。'元气'的'元'、'博士'的'博'。和名字一样，他体育和学习都是万能，是一个非常优秀的家伙。不仅是全班第一，还是多久高中的明星，考上了K大啊。不过，那家伙很冷淡，毕业后只参加过一次同窗会，之后就没有消息了。毕业十年后的某一天，我刚好有事去名古屋，在地下街偶然遇到了驮道。我情不自禁地叫住他。我们站着说了会儿话。不过，他好像不太耐烦似的。大概已经忘记以前的友情了。当了上门女婿后，就和我们居住的世界不一样了。他好像在等谁。之后，来了一个非常年轻的女人。那人肯定不是他老婆。"

"呃，很年轻吗？"

"是啊，很年轻。看上去大概要小十岁左右吧。"

贺集里美要比驮道大十二岁左右。那时，驮道已经和其他女人交往了，里美是不是已经去世了？

"对了，驮道怎么了？"

"啊，有人曾得到驮道先生的帮助，希望能找到驮道先生。"

"哼，那家伙会帮人吗？或许，人不能光看外表啊。但是，真不知道他在哪里。之后再也没有见过他，也没有听说过他的消息。"

"刚才，我去了驮道。那边以前有两户姓驮道的人家，现在已经没有了。山田先生，您知道驮道先生的家人吗？"

"啊，驮道啊。那边人口过疏，以前的房子都不行了吧。三年前选举的时候，曾去过那里。驮道家的老太一个人住着,已经去世了也说不定。"

"是的。听说已经去世了。"

"我就说嘛。呀,没有消息,说不定驮道本人也早就死了。"

"原来如此,也有可能已经去世了。"

说来没人相信,浅见居然从没有想到过这个可能性。如果活着的话,大概六十八九岁。这是一个死了也不奇怪的年龄。

一想到这个可能性,浅见就觉得没有了气力。仔细想来,他为什么会对驮道如此执著,特地来如此遥远的地方调查,自己都不知道理由。不过,贺集里美爱着的男人,应该是高原紫的父亲。大概就凭这一点,已经刺激了浅见的好奇心。

如果动作快些,可以赶上十九点五十五分从福冈起飞的JAL4414最终航班。不过,到鸟羽就是半夜了。浅见放弃了,预约了福冈机场附近的商务宾馆。途中,他看见猪骨汤拉面的店铺,走了进去。虽然是很便宜的晚餐,但能这样吃到当地美食,也是很好的了。

虽然是没有收获的"远征",在品尝着美味拉面的时候,浅见重新找到了气力。浅见大声要了光面。

进了宾馆,浅见给月馆家打了电话。七原接了电话。"啊,浅见先生。"她用松了一口气的声音说道。估计一直在担心是嫌疑人打来的电话吧,神经高度紧张。

"还没有联系吗?"

"是的,没有任何联系。那个,要接给会长吗?"

"请接。"

电话切换后,他听到正行的声音。"还没有联系。"看来,正行一整天都在为此事紧张不安。"他们到底还想干什么?樱香会没事吗?"

"没事的,请不用担心。"

"嗯,浅见先生这样说,有什么证据吗?"

"没有绝对的证据,可以说是信念吧。至今为止,嫌疑人没有加害樱香的理由。再有电话来,请明确告诉嫌疑人,任何时候都可以支付一亿日元。让他们感觉到会长的肚量,他们就会安心了。"

"但是,听知美说,那是名张杀人事件的嫌疑人啊。"

"估计那是因为他们被逼到不行了,才会采取这样的行动。会长不是没有否定支付赎金吗?警察说,葛谷可是一个相当卑鄙的恶人。估计他的被杀,一定有相当的理由。他是那种人,可樱香小姐完全不同。"

"这倒是真的。那么,浅见先生,你那边怎样了?"

"很遗憾,没有太大的收获。明天下午我就能到了。如果有嫌疑人的电话,请联系我。"

正行的焦躁很能理解。到这个阶段,嫌疑人没有任何指示,浅见也觉得不可思议。他到底在想什么呢?是小心吗?还是没有想到交付赎金的方法?如果需要的话,也可以这边告诉他们方法的。对于他们来说,樱香的安全才是最重要的。

浅见给妙莲打了电话,询问了尊宫寺的情况。尊宫寺也没有嫌疑人的联系电话进来。

"大德尼很是心痛,都吃不下东西了。"妙莲自己也很焦心。"说希望浅见先生能尽快回来。学校老师也打来电话慰问了。虽然告诉老师不用担心,但估计也隐瞒不了多久了。要怎么办呢?浅见先生不在,我们都很不安。没办法啊。"

"还请再等等!我在九州,明天回鸟羽。"

"啊,九州……为什么?"

"关于这一点,回去再说明。不管怎样,请多安慰安慰大德尼,还请再忍耐一下!"

浅见刚放下手机,《旅行与历史》的藤田总编打来了电话。"浅见,怎么样了?去了奈良后,你就没有声音了。去尼姑庵了吧?"

"当然去了。目前,完全泡在尼姑庵里。"

"完全泡在尼姑庵里?怎么回事?不会是看到美丽的僧尼,你动摇了,也打算出家吧。"

"请不要开玩笑。我可是很认真地在工作哦。"

"那就好。不管怎样,请尽快回来写好稿子。拖拖拉拉的话,那就是迁都一千三百零一年了。"藤田粗暴地挂断了电话。

真的,这边、那边来拉拢是好事,可没有一个有结论,时间却在无情地流逝。老实说,稿子几乎没有动手。下一期的《旅行与历史》的截稿日期却越来越近了。想到各种烦恼,浅见突然觉得,猪骨汤拉面也没什么味道了。

泡了澡后,浅见心不在焉地望着电视。依然是愚不可及的节目,想要不动脑子度过时光的话,看这种肤浅的电视节目最为健康也说不定。曾经有人说，电视是"电子连环画剧"，会促进"一亿人口白痴化"，浅见很能理解那种心情。

虽然是很短的时间，浅见却感到脑中一片空白，有种浮游的感觉。这种没有任何执著的精神状态，最近一直没有出现过。

在这样的浮游感觉中，突然，浅见被脑海角落里的微小灯光吸引，被忽视的记忆有复苏的预兆。

这是什么？浅见一下子就清醒了，恢复了紧张感。他将所有意识都集中起来，要看明白那个光源的原形。

"啊，是那样的啊……"浅见不自觉地嘟哝道。此间，他的手伸向了放在茶几上的手机。一边看着名片，一边焦躁地按号码。电话接通后，对方用的是小秘书。

"我是山田实，多久市议会议员山田实。现在无法接听！请在哔的声音后留下您的口信！"

"我是傍晚打扰过您的东京来的浅见。关于驮道的事还想请教您一下，所以才打的电话。务必请您按名片上的手机号码给我回个电话。非常感谢。"浅见一口气快速说完，感觉能听到自己心脏跳动的声音。

对山田会不会打电话来，浅见没有把握。在山田那里，或许会觉得，没有必要应付没有投票权的外来人吧。即使看着电视，他脑中却涌现出各种状态。刚闭上眼睛，又立刻起来，时间就在这种期待和不安中流逝。

马上就要十一点了，浅见的手机震动起来，是山田打来的电话。

"呀，回电晚了，实在抱歉。我才听到你的留言。你想知道驮道的什么?"

"没关系，没关系。记得山田先生说，在名古屋见到驮道先生的时候，他当了上门女婿。那么，您有没有听说驮道先生改成什么姓名了吗?"

"啊，这个事啊。我听他说过。嗯，叫什么来着?我记得是很平凡的姓名……不是'驮道'这样稀有的……嗯，想不起来了。平时就有些痴呆了，现在还醉着，脑子不好使了。哈哈哈……"山田笑了起来。即使没有痴呆，没有醉酒了，要找回四十年前的记忆，也不是那么容易的事。"不过，我肯定记着的。让我自豪的就是记忆力非常好，所以才能当了四届市议会议员……明天行吗?睡一个晚上，说不定我就能想起来了。"

"谢谢您。那就拜托您了。"浅见发自内心地道了谢。他真心祈祷，山田议员能当选第五届市议会议员。

4

女人的脸一直朝着另一边，从来不看这里。

说不定，那个女人就是妈妈。樱香这样想着。但即使看见那个女人的脸，也不知道她是不是妈妈。樱香不知道妈妈的脸是怎么样的。

是的，她想看看她。最好她能看看这边。为什么她总是要背朝着自己?樱香已经很长时间了，都在看着这个可能是自己母亲的人的背影。

从哪里传来"樱香小姐"的叫声。是那个人在叫我吗？要是朝这边叫，该多好啊！

"樱香小姐，樱香小姐……"好像就在耳边叫着，声音越来越大了。

啊，妈妈就在我身边！

哪里？环视身边，却什么也没有，只有白色的雾霭在扩散。

"樱香小姐，樱香小姐……"

樱香猛地睁开眼睛。眼前是妈妈微笑的脸？现实却并非如此。不是妈妈，还是那个女人。她根本没有微笑，反而像面具似的冰冷。

"洗手间？"樱香问道。

虽然不知道时间，但还是能感觉时间不对。虽然知道她没有尿意，女人还是说："呃，好的。"

她戴上眼罩，到了走廊；来到洗手间，取下眼罩；上完洗手间，再戴上眼罩；回到房间。与平时一样。

女人跟在樱香后面，进入房间。这是从没有的事。樱香刚想钻进被窝，女人却说："换衣服。"与平时的声音不同，她样子也有些奇怪。被带到这里来时漠然的恐惧，可能会成为现实。

樱香端坐在床上，问道："我，要死了吗？"

"少说话！你只要换衣服就好。"

女人没有表情地站着。虽然不是骂人时狰狞的表情，可没有表情更令人不舒服。

樱香脱下睡衣，换上了叠得好好的校服。平时还没有什么感觉，可过一段时间再穿，全身顿时紧张起来，人完全清醒了。这时，说不定会被杀的想法更强烈了。

就算知道自己要死了，也是没有办法的事。虽然死亡多少有些恐怖，但见不到妙莲和大德尼更令人难受。樱香现在才注意到，短暂的学校生活中发生的各种各样的事，对自己来说，都是非常重要的。

死，是什么样子的呢？听说，那就是去有菩萨的天国。可她并不完全相信。如果能那样，就好了。不过，大抵只是美好的愿望罢了。

"戴上眼罩。"

樱香按照女人所说的做了。

被抓住手腕来到走廊，走过一段距离后，女人说："给，这个。"递来了手表。她将手表戴好后，书包又被粗暴地递了过来。然后，又被抓着手腕走了一阵，来到一个有落差的地方。走下一步后，又被吩咐道："穿上鞋子。"看来，她到了门口了。

她用手摸索着穿上了球鞋，系上了鞋带，系得比平时更紧。

门被打开了，夜晚的空气渗了进来。虽然被蒙着眼睛，可不知为什么，樱香还是感觉到深深的黑暗。比起呆房间里，此刻，樱香感到更加不安了。走了十步左右，女人停了下来。接着，传来打开车门的声音。

"上车。"

她的头被压下来，上了车。樱香知道，这并不是要欺负她，反而是怕她撞到头了。后座上放着毛毯。

"盖上毛毯，躺下。"

女人坐上驾驶座，立刻发动引擎，把车驶了出去。最初的路况很糟，车有些颠簸。不过，路况很快变好，车行平稳了。

之后，时间过得很慢。樱香感觉，车开了有两个多小时。当然，她不可能知道身在何处。偶尔能听到错车的呼啸声，却没有多少车流量。估计是深夜的关系吧。或许，是在原本就没有什么车流量的偏僻地。

车停了下来。然后，一直沉默不语的女人开了口："樱香小姐，能答应吗？"

"答应？能。"

"你能遵守吗？"

"一定遵守。"

"以菩萨的名义起誓？"

"以菩萨的名义起誓！"

"如果违反了，你该知道后果的。不仅是你的生命，尊宫寺人们的生命也不能保证。记住了？"

"是的，我明白了。要我答应什么？"

"我们的事对谁也不能说。你遇上了什么事也不能说。今后的十年内，绝对不说。"

"好的。"

为什么是十年，樱香不知道，却还是答应了。樱香脑中突然想到十年后的自己，差不多是大学毕业的时候吧——感觉是很遥远的未来。

"在这里下车吧。下车后向后走百米左右，有一家日式餐厅。从餐厅前的路向右转,上坡后有一扇很大的门。门边有个对讲门铃按钮。按下按钮后,报上你的名字就可以了。"

看到樱香起身后,女人说:"眼罩可以取下了。"

汽车没有开灯。在漆黑的夜晚,隐隐约约能看到远处像是郊外的风景。

女人脸朝前面。

"再见。谢谢您的照顾。"

听到樱香如此说,女人从后视镜中瞥了樱香一眼,身体微微动了动。

"嗯,啊不……好了,快些下车,走吧!"女人特意很凶地说着。

樱香下了车,关上了车门。汽车启动了,缓缓行驶了一段之后,突然打开前照灯,加速驶远了。樱香朝着车的后面,低头行了一礼。

正如女人所说,大约百米前面,有一间日式餐厅。店里没有灯光,可远处路灯的光亮刚好可以让她看清招牌上的文字。再往前走,路灯所在的街角往右,是一条坡道。在这里,樱香第一次看了手表,三点三十五分。

走过平缓的坡道,坡顶耸立着看似正门的大门。

樱香伸出手去,按下了对讲门铃的按钮。过了一会儿,里面问道:"哪位?"

是她在哪里听过的声音。"那个,这个时候打扰,实在对不起!我叫日野西樱香。"

"唉,樱香小姐?真的?现在在哪里……啊啦,讨厌!在门口哦!我马上去,你不要动哦!等我哦!"

可以想象到对方慌张的样子。房子立刻亮起了灯,脚步声越来越近。可以看到,一个穿着睡衣的女人的影子跌跌撞撞地跑了过来。

女人开了门,一边注意着周围的动静,一边将樱香拉进门内,几乎是抱着樱香似的往里走去。在房子的灯光下,樱香第一次看清了女人的脸,不自觉地叫了起来。"啊,你是……"

是法隆寺车站从试图接近她的男人手中保护了她,并将她送回尊宫寺的女人。看到是自己认识的人,樱香松了一口气。

"太好了,平安无事……"

女人的眼中蓄满了眼泪。樱香说:"我自己来!"可女人还是帮她脱了鞋,拿来了拖鞋。

走过宽敞明亮的门厅和走廊,她们来到会客室。

"我是七原。七原圣子。"女人第一次露出了笑容。

"你在这里等一下。"

让樱香在宽大椅子上坐下后,七原又走了出去。

过了一会儿,能感觉到远处有了忙忙碌碌的动静。不久,走廊里传来了越来越近的脚步声。

门开了,七原和一个比她略为年长的女人走了进来。两人都是睡衣外面披了一件上衣,头发乱糟糟的,一副急急忙忙的样子。

"你是樱香?我叫月馆知美。"

樱香听到知美如此说,立刻站起来行礼。知美按着樱香,自己也在旁边的椅子上坐了下来。

"谢谢您。那个，是月馆女士支付的钱吧？"

听樱香这样说，知美有些糊涂了。

"什么，钱……什么意思？"

"我能回来，是因为您支付了我的赎金吧，我想。"

"啊，是这件事……但不是我付的。不知是谁，也可能是尊宫寺支付的吧？"

"是这样的啊……那个，能让我给尊宫寺打个电话吗？"

"啊，对哦，应该的。圣子，你快给尊宫寺打个电话。"

七原慌忙拿出手机，交给樱香。因为是半夜了，过了好一会儿，妙莲才接了电话。

"我是樱香。"樱香说道。

"啊，樱香？你没事了？"手机里传来了颤抖的声音。樱香还是第一次听到妙莲这种声音。

樱香将发生的一连串事有选择性地作了说明。妙莲一直在点头，回应着。"是嘛，是嘛……"

最后，她说："请七原女士接电话。"

"秋山尼现在要来鸟羽。"挂了电话，七原说道。

这时，门开了，一个老人走了进来。腿脚有些不灵便，走得很慢。他走近樱香后，说："你就是樱香啊！"老人有着深深皱纹的脸上，满是灿烂的笑容。

"我是日野西樱香。"樱香站了起来，恭敬地鞠了一躬。

"嗯。我是这个家的家主，月馆正行。你的事，我已经听妙莲尼说了。很不寻常的经历啊！"

"是的。不过，没事了。"

"是嘛，没事了。能平安回来就好。不过，到底是怎么回事?"

"关于这个——"知美说,"据樱香说,似乎有人支付了赎金。不是我们吧?"

"嗯?啊啊,当然,不是我们。至少我不知道啊。"

"那个……"七原有些顾虑地说,"樱香小姐累了吧,还是休息一下比较好……"

"是哦。详细的情形以后再说吧。不过,能说一下嫌疑人的事吗?樱香,你看到嫌疑人的脸了吧?"

"看到了。"

"是谁?认识的人吗?"

"不认识的人。"

"那这段时间,你在哪里?"

"一直呆在房间里。"

"如果再见到嫌疑人,你能认出来吗?"

"嗯,这我就不知道了。即使我认出来了,也不能说出来。"

"啊,为什么?"

"我答应了,十年内对谁也不说。"樱香用清晰的口吻说道。

浅见在喧嚣的闹钟铃声中醒来。可他记得,自己并没有设闹钟。再一看,原来是手机的铃声。因为要等山田议员的电话,浅见解除了手机的礼仪模式。

时间是凌晨四点刚过。窗外还是漆黑一片。

"啊呀——"浅见嘟嘟哝哝地说着,将手机放在耳边。

"我是浅见……"

浅见才开口，话筒里就传来了女性很大的声音。"浅见先生，樱香找到了。啊不，是回来了。"

"啊，七原女士！你说樱香回来了，是回尊宫寺了吗？"那为什么不是妙莲打电话来呢？浅见觉得不可思议。

"不是那样的。回到月馆家了。现在，她就在旁边，电话给她接听啊。"

"浅见先生，我是樱香。"话筒里传来还留有稚气的声音。"让您担心了！"

听到像大人那样寒暄的声音，一瞬之间，浅见觉得喉头有些哽咽。

"呀，那没关系。与大德尼和妙莲尼联系了？"

"是的。刚才给妙莲打了电话。这个时间吵醒大德尼，对身体不好。还是请她等一会儿再告诉大德尼。"

多么聪明的孩子啊！浅见很是钦佩。"啊，这就好了。请七原听电话吧。"

过了一会儿，传来了七原的声音。"我是七原。"

"已经通知会长和社长了吗？"

"当然了。刚才大家还在一起。我们在樱香小姐的房间。"

"是嘛。谢谢您。还有，樱香是在怎样的状况下被解救的，还请您说明一下。"

"那个，我也不是很清楚。突然间对讲机响了起来，我去应的门。结果，看到的是樱香小姐。我立刻去将小姐带了进来。详细的事情她都不说。那个，好像是嫌疑人不让说。"

"原来如此。我明白了。总之，没事就好。我搭最早的飞机回去。"

挂了电话，立刻就有电话进来，是妙莲的。

"浅见先生，我是妙莲。"

浅见立刻说："是的。我刚和樱香说了话。真的太好了！"

"是的……"妙莲的声音听上去含泪欲哭。"详细情况稍后再说。首先，还请您与贺集先生联系一下。"

"啊，对哦。那我先给他打电话。"

妙莲也意识到事情的重要性，立刻挂了电话。

浅见无法理解嫌疑人，他怎么想到要释放樱香的。在浅见不知情的情况下，月馆家支付了赎金？还是说嫌疑人突然起了菩萨心肠？

躺回床上后，浅见完全清醒了，根本睡不着。可即使现在起来，也无事可做。浅见没有办法，起身打开电脑，确认飞机座位的预约状况。然后，他首次注意到，从福冈飞名古屋是十三点十五分到达名古屋的 JAL4404 航班，不是最早的。说来没人相信，对几乎不乘飞机的浅见来说，不知道从早晨就有航班的。

再查了一下 ANA 的航班时间表。有七点五十五分起飞、九点十分到达国际机场新特丽亚的。从新特丽亚到鸟羽的距离，比到名古屋要多大约一个小时。所以，浅见当时选择了名古屋机场，根本没有想到会发生这样的事。浅见的 Soarer 还停在福冈机场呢。

但是，背部无法代替腹部。浅见还是选择乘坐 ANA 的航班。然后，等待天亮。

早晨六点，浅见从宾馆出发了。再等一会儿，就能使用早餐券了，可现在的浅见却没有心情吃早餐。宾馆与机场的距离非常近，浅见有些无奈地发现，机场到得太早了。租车公司刚刚开门。他给车加满汽油，还了车。浅见在机场办好登机手续，拿到了登机牌，终于松了一口气。

听到登机广播的同时，浅见的手机响了起来。一旁的女人瞥了浅见一眼。好在是在登机前。

电话是山田实市议员打来的。"呀，浅见先生，昨天不好意思啊。"话筒里传出山田开朗的声音。估计旁边的女人也能听到。

"我想起来了。呀，我还真是记得啊。因为这个记忆力，我才能连续四届当选……"

听着山田又要开始自鸣得意了，浅见立刻快速打断说："确实是了不起的记忆力。那个，驮道先生当了上门女婿后的姓名是什么？"

"啊，那个那个。实在是很平凡的姓名，所以没有立刻想起来。好在现在想起来了……"一连串废话后，山田市议员说出了一个姓名。

"什么？"浅见几乎要怀疑自己的耳朵了。完全是出乎意料的姓名！

5

　　终于在一点刚过的时候，浅见到了鸟羽。刚按了月馆家的对讲门铃，七原立刻冲出来，开了门。在浅见停下车，打开车门的时候，七原一直陪在一旁。

　　"大家都在等浅见先生回来。"

　　正如七原所说，月馆家几乎所有人都集中在会议室。这里可以说是最宽敞的房间了，差不多是大厅了。中央放着特别定制的马蹄形会议桌，十几把椅子围放在桌边。宅邸中有这样大的会议室，太让人惊讶了。

　　正行老人坐在正面，一旁站着荒井执事。右边是知美社长，左边是正行的弟弟久信专务和最小的弟弟义治常务。再往下坐着的是他们两人的儿子们。总之，月馆企业主要的高层人员都到齐了。

　　樱香坐在对着正面的右手末席。背对着窗，像是被妙莲守护似的，她恭恭敬敬地端坐着。感觉到浅见的视线，樱香高兴地微笑着，恭敬地鞠了一躬。受灿烂笑脸的诱惑，浅见走到樱香一旁，与妙莲像是夹着樱香似的坐了下来。他轻轻地抱了抱樱香的肩。

　　深色西服、打着领带的商务风格的人群，与穿着休闲服装的自由撰稿人、少女、尼僧形成对峙状态——不可思议的两大阵营。

　　"浅见先生，辛苦了！怎么样，有什么收获吗？"正行开口说话了。

"是的，有一些。但是，樱香小姐平安归来，我就没有什么可说的了。结果好了，过程就不重要了。"

"这样可不行啊。"久信专务露出了谴责的神色。"樱香小姐平安回来是值得高兴的事。可至今为止的经过，还是应该弄清楚。到底发生了什么事？进一步说，到底发生了什么才被放回的。关于这一点，必须要弄清楚。"

"请等一下！"浅见制止了久信的质疑，转头对正行说："樱香小姐也累了，请她去其他房间休息，如何？"

"我没关系。我刚才一直在休息。"樱香坚强地说道。

可浅见的真意并非如此。之后的很多谈话，他不希望樱香听到。正行也察觉了浅见的用意，点头说道："还是那样比较好。"

浅见看着妙莲陪着樱香离开后，才再开口说话。

"确实，嫌疑人为什么让樱香回来，我也觉得不可思议。我也曾想过，说不定是谁支付了赎金。但实际上，并没有这样的事实。"

"这件事……"久信左右看了看，没有什么自信地说，"应该没有吧。哥，怎么样？还有社长？"

"我不知道。"正行摇了摇头。

知美也说："我也不知道。再说，星期天怎么可能筹到钱？"

"但是，少量金额的钱还是能筹到的吧？"

"在这一点上，叔父们也是一样的。"

"你在说什么？我为什么必须要为不认识的女孩筹集金

钱？而且，义治也是一样的，是吗？"久信寻求弟弟的同意。义治常务软弱地点了点头。

"什么叫不认识，什么意思？"正行生气地怒吼道。

荒井慌忙缩了一下身体，想要说："小心血压上升！"

"那是春行的女儿，也就是我的孙女。将来可能要接知美的班，成为月馆企业的领导人！你说话不要太轻率了！"

"这我知道。虽然我知道，但是哥，将来的领导这种说法才是太轻率了，让我们为难。"

"有什么好为难的？我也没有多少日子了，只要知美同意，作为现实问题，这还是有可能的。怎么样，知美你怎么考虑？"

所有人的视线都集中到了知美社长身上。

"突然这样说，我……"知美有些困惑地寻找着答案。

像是救场似的，浅见开口说道："我可以插一句吗？现在，不是讨论这个问题的场合吧？"

"啊，是啊。"正行苦笑道，"是啊。那么浅见先生，今后该怎么办？"

"我们首先要决定的是，这件事是不是要报案？"

"那是……原来如此。原本是打算这么做的。不过，已经解决的事情，没必要再提出了，免得引起喧嚣。"

"像我这样无责任的第三者，既然遇上了犯罪行为，应该要追究真相，惩罚嫌疑人。但是，如果警察开始调查，对多少会受各种影响的您的亲人来说，应该不会太欢迎吧。"

"说起来，确实是这样的。"久信同意了。

"如果有警察介入，不可能差不多就收手的，一定是彻底调查。如此的话,月馆家的过去也会被全部查出来,让人笑话。被媒体找到蛛丝马迹的话,报道出来就更热闹了。哥,浅见先生说的对,还是不要报警比较好。"

"但是——"知美露出了谴责的神情。"就这样算了,嫌疑人什么惩罚也没有。虽然事实上没有什么被害,但这样不清不楚地算了,是不是合适?"

"社长,就算警察开始调查,也无法保证一定能逮捕嫌疑人。而且,一旦开始调查,引人注目之时,公司的工作也会受影响,对家人、对公司没有任何好处。说不定代价比赎金更高。你说呢,义治?"

"我也是这样想的。不管到哪里,都要被人笑话的话,作为营业担当,会让我们很难做。"义治一直都是很软弱的口吻。

"但是,就这样算了,你们不觉得屈辱吗?"相比之下,知美是威武不屈,用强硬的口气说道。

"樱香看到了对方的脸,只要用上蒙太奇成相术,警察的调查不会没有进展的。"

"但是,那孩子对嫌疑人的事什么都不说。七原,这一点怎样了?"

被久信问到,坐在末席的七原提心吊胆地说:"是的,樱香小姐还是一副绝对什么都不说的样子。据说,她与嫌疑人约定了,十年间什么都不会说。"

"那个十年间,到底是什么意思?浅见先生,嫌疑人这么说,是出于什么考虑?"

"一个是时效问题。到最近为止,诱拐的时效是十年。

还有，过了十年，人的憎恶感也会慢慢淡化。而且，可能到时寿命也差不多了吧。"

"原来如此，是寿命。确实，我肯定活不到那个时候了。世事无常啊。是啊。我也早死了。这样一想，怎样都好吧。"正行像是下结论似的说完，就闭上了眼睛。

"但是，我还活着啊。"知美依然是强硬的口吻。"带着这样的屈辱活着，我是受不了的。"

"社长是无论如何都要惩罚嫌疑人了？这种心情我能理解。但是，丑话说在前面，绝对不允许警察介入。"久信再次叮嘱道。

"如果你一定要这样做，我们也没有办法。外行怎么努力，也很难有结果。"

"是这样的吗？我认为，一定会有方法的。浅见先生，你不是被称为名侦探吗？你也说点儿什么啊，真的没有任何办法了吗？"

这时，所有人都看着浅见。

"也就是说，知美小姐，如果没有嫌疑人，也没有什么形式的惩罚的话，您就咽不下这口气，是吗？"浅见像是要劝慰激昂的知美似的，用平静的口吻说道。

"嗯，是这样的。"

"嫌疑人不是已经受到惩罚了吗？"

"呃，为什么？"

"嫌疑人已经遭受了巨大挫折，所以才放弃赎金，将樱香小姐平安送了回来。这已经是无条件降伏了。拼命努力，却什么都没有得到，还要担心警察什么时候追来。我认为，他们已经受到充分的惩罚了。如果再要指责的话，可能会出现'鞭打死者'的情形了。"

"总之，浅见先生是认为无法阐明真相了？那你直说就可以了。不服输可不行。"

浅见什么都没说，对知美的弹劾只是报以苦笑。对浅见不抱好感的两位叔父也觉得没趣，会议室的气氛很不融洽，甚至敌意明显。

"我可不这样认为。"看上去睡着了的正行老人突然说道，"我认为，浅见先生与我们不同，他一定知道些什么。他去九州也不是白跑的。我还没有听这方面的报告呢。"

"是这样的吗？"知美瞪大了眼睛，盯着浅见。

"啊不，请还是认为我白跑一趟为好。我在九州磨磨蹭蹭的时候，樱香小姐被干脆地释放了。还是敌人棋高一着啊。我现在的感觉是，就像孙悟空，总也翻不出如来佛的五指山。然而，世上还有一种更大的不可思议的力量，那是人的智慧怎么也斗不过的。它就像天命一样，在冥冥中起着作用。我们都是在这中间行动的，谁也逃不过。通过这次的事件，我有了深刻的体会。同样，嫌疑人也有这样的感觉吧。"

听了浅见的比喻，大家很是惊愕。只有正行一个人满意地点了点头。"结果好了，过程就不重要了。"

6

　　将正行送回房间后,回转来的执事荒井把浅见叫住了。
"浅见先生,还没吃午饭吧?要不要一起去附近无聊的日式餐厅吃饭?"
　　"好啊。说实话,我早餐也没有吃,肚子很饿了。"
　　两人一起出了宅邸。走路去日式餐厅,也不过四五分钟的距离。早就过了午餐时间,与上次一样没有客人,餐厅很是闲散。
　　"欢迎光临!"从厨房出来的大妈看到浅见时说,"啊,那个时候……"很明显,她还记得浅见。
　　"怎么,浅见先生,你知道这个店?"荒井很是惊诧。
　　"啊,之前,我在这里吃过午饭。"
　　"怎么,是荒井先生的熟人啊!"大妈也吃了一惊。
　　"是嘛,你知道的。那个时候,你吃了什么?"
　　"我记得是烤鱼套餐。"
　　"啊,那个不好吃。那种东西,去哪里吃都差不多。"荒井毫不掩饰地说。
　　浅见还担心大妈会不会不高兴,可大妈只是笑着,并不当一回事。
　　"我告诉你这里的私家菜单。这里有上乘的汉堡肉饼饭。不过,不是空闲时不肯做的。这可是极品。怎样,今天可以做了吧。"

"呀，我也不知道。问问弘美。我现在去休息了。"大妈说完，对着里面喊道，"弘美，其他的就交给你了。"说着，走了出去。

用托盘端着茶的女士走了出来。没怎么化妆，看来是个勤劳的人。是上次见过一面的女士。但是，她似乎不记得浅见了，低头打了个招呼："欢迎光临。"

放下了茶，她问荒井："还是汉堡肉饼饭吗？"

"是的。会做吧？我很想请这位客人尝尝。从东京来的浅见先生。这位是小川弘美，这里的小时工。她不在的话，没人做汉堡肉饼饭。"

荒井还在唠叨，小川弘美早回了厨房。不一会儿，厨房传来"吱—吱—"的煎肉饼的声音。

"其实，我打算和她一起生活。"荒井突然说了一句，又不好意思地喝了一口茶。

"哦，是嘛。这很好啊。恭喜了。"浅见发自心底地祝福道。

"哈哈哈，成不成还不知道呢。"荒井红了脸，根本没有出汗，却在擦着额头。

"这可是好事。请务必结婚！"

"但是，像我这样的年龄……"

"您应该六十八岁了吧？"

"啊，你知道得很清楚啊。"

"是啊。昨天，我访问了多久高中，还见到了同窗会长山田实先生。据说，他今年刚好毕业五十周年。"

"……"荒井僵硬地看着浅见。

"在驮道的驮道姓氏一族中,最后一家的老太太两年前去世了。"

浅见停了下来,沉默在两人之间流动。厨房的"吱—吱—"声显得格外响了。

"果然是这样的。"荒井鼓起勇气,开了口。

"听说你到九州去了,我就有不好的预感。估计,什么都会被浅见先生看透吧。我想到可能会这样,就放弃挣扎了。"

厨房的声音停了下来。"让您久等了!"小川用大托盘端着两个大盘和两盘饭,走了过来。椭圆形的大盘里是煎汉堡肉饼和煎鸡蛋。汉堡肉饼的上面,放着烤番茄。

"啊,浅见先生,吃吧!"沉郁的空气被一下子打破了,荒井用开朗的声音说。自己也拿起了刀叉。

不仅是空腹的关系,荒井推荐的汉堡肉饼确实是极品,尤其是烤番茄的酸甜味让汉堡肉饼的味道更加鲜美了。原本不吃番茄的浅见,也认为这个好吃。浅见去除杂念,专心地品尝午餐。这可以说是浅见被幸福包围的时刻。

"浅见先生,看你吃,好像很好吃的样子。"荒井有些佩服地说。

"不是好像很好吃,是真的很好吃。荒井先生说得没错。这个是私家菜单,太可惜了!但是,能娶到做出这么好吃的饭菜的女士,真是幸福啊!"

"浅见先生……"荒井放下了刀叉,坐正后,说道,"你真的要放过我们吗?"

"这样比较好。对我来说,战斗结束了,天也黑了,该休息了！"浅见引用了古老军歌的一节。

"我可不希望为了战后处理，再有新的牺牲者出现。算我是胆小鬼吧！而且，我自己也不是完全无缺点的正义人士。"

"但是，或许你不知道，我杀了人了。"

"我知道。是葛谷健司吧。"

"呃……你什么都知道啊。那么，知道动机是什么吗？"

"不知道。应该是受到恐吓了吧。"

"确实如此。"

"恐吓内容，说不定是关于逼死了贺集里美这样很久以前的事，对吗？"

"真的……太让人吃惊了！为什么你能查到……正如你所说，不知道葛谷从哪里嗅到这件事，说要让我下台。贺集家对月馆企业来说，是重要的客户。如果这个丑闻曝光的话，我花了三十年构筑的信用什么的，都白费了。"

荒井听天由命地低下了头，然后，果断地抬起头来说道："那是一个没有月亮的夜晚。我被葛谷叫了出来，在鸟羽站前让他上了车，去了二见浦海岸。那个家伙喝得很醉，见面时已经说不清楚话了。突然间说出了那件事，并要求一千万的沉默费。告诉他我没有这么多钱，他却说春行少爷的遗孤还活着，将那个孩子诱拐了拿赎金就可以了。他得到了叫樱香的孩子曾在生驹市育婴堂的情报，知道那孩子被尊宫寺领养，快要走上尼僧的道路了。为了确认这个事实，他去尊宫寺、名古屋的爱知专门尼僧堂等地转悠。结果他想到，只要威胁月馆家或贺集家，就能拿到钱。那家伙原本想自己诱拐的，但他没有车。自己没有办法诱拐，为了达到目的，他才威胁我的。我说不会干这种愚蠢的事。那家伙就说，什么叫愚蠢？我们吵了起来。我很是生气，为什么要被这种蠢货威胁，我的人生到底是怎么了。这样想的瞬间，我想起了自己过去做的坏事。或许浅见先生已经知道了，京都有个叫三好家的有渊源的名家，年轻的时候，我诱惑了那家的夫人，一起私奔了。"

"里美小姐的故事，我知道得很清楚。"浅见面无表情地说道。

荒井并不觉得惊讶。"是嘛，果然啊。什么都被你窥破了。不管怎样，我感到了因果轮回，很是恐怖。里美的怨念到底要缠到什么时候了，我怎么都逃不掉。当时，我感觉抓住我胸口的是里美的手，浑身的汗毛都竖了起来。我条件反射似的打掉那只手，推开了他。我没有想到，自己还有那样的气力。不是吹的，葛谷一下飞了出去，然后'啊'的叫了一声后，就不动了。借着微弱的车灯光一看，那家伙已经死了。我只是想要将他的尸体扔到离鸟羽越远的地方越好。我将尸体放在后备箱里，漫无目地开着车。驶上名阪国道，中途下了高速，上了山道。我在没有车经过的黑暗的道路边，扔下了尸体。后来知道，那是名张市郊外的山中。当时认为是奈良县，不想它属于三重县。葛谷的恐怖消失了，却害怕警察追来。不过，当时那家伙说的话，却成了恶魔的耳语。"荒井说完后，长长地吐了一口气。

"你如此拒绝他后，却又真的诱拐了樱香小姐。"

"是的。听起来像是辩解，可还是请你让我说明一下。

我感觉到有被月馆家辞退的危险。专务久信先生暗示说,我好像已经过了退休年龄。会长对此没做任何辩护。我突然感到,其实,我的身份很是尴尬——既不是月馆企业的社员,却干着像是会长执事的事,却没有执事这样的身份保证。如果会长去世的话,那天就是我被辞退的日子吧。当然,也没有退职金这样的东西。虽然弘美说她会养我,可不是那样的问题。越想越不安,最终还是干了那样的暴举。为了说服弘美,我花了不少精力。"荒井苦笑了一下,叉起了烤番茄。

"但是,真的做了,才知道诱拐以获取赎金这种事不好做。我很能理解过去发生的事件中,嫌疑人诱拐了被害者,最后却将其杀害的原因了。说实话,我也差不多到了这个地步了。如果将樱香放回去,自己一定会被找到,因此就想,只有将她杀了封口。在考虑拿赎金的方法时,这种想法越来越坚定。弘美却坚决反对。我打算无视她的意见,自己实行就好。然而,发生了晴天霹雳般的事。从浅见先生与会长的谈话中,我知道了春行少爷的夫人,也就是紫小姐,其实是贺集里美的女儿。从年龄上推断,紫是我的女儿。我差一点儿就要杀死自己的外孙女了。刚才,浅见先生说,人的智慧斗不过天命时,我的心脏像是被挖了一块似的疼痛不已。"荒井仰起了头。

"四十年前,我扔下里美,做了当时非常有势力的荒井家的上门女婿时,里美已经怀孕了。高傲的里美既没有缠着我,也没有说恨我的话。之后,我就不知道里美的行踪了。听说她死了,也没有吊唁。这就是私奔的报应。不久,荒井家就没落了,一家离散。我偶然被会长捡到,妻子却突然死了。以后，我就一直过着报恩的生活，也学会了顺从会长的生活策略。至少在认识小川弘美前，我的人生是灰暗无力的。想着就这样，一生在月馆家过活就好。但是，我认识了弘美，在她家里过着夫妻那样的生活，想法就变了。弘美和我一样，是个不幸的女性。她是从自称摄影师的虐待狂丈夫手中逃出来的。看着弘美，我也和普通人一样，有了作为人、作为男人的欲望和自尊，再加上专务冰冷的话，让我的恶彻底爆发了吧。我要让他们后悔，也想送给弘美一个美好的人生……这就是我干的所有蠢事的告白。"荒井长长的讲述终于结束了。

浅见将料理几乎都吃完了，荒井的还剩了将近一半。

店里突然静了下来。国道上不时传来往来车辆驶过的声音。在这声音的缝隙里，从厨房传来了轻轻的啜泣声。

荒井慢慢地转过头去，看着那个方向站了起来。荒井走进了厨房。"不要哭了，好吗？"

一会儿后，荒井抱拥着弘美的双肩，走了出来。"我们的命运，就由这位浅见先生决定了。"荒井说道。

弘美还汪着泪水的眼睛，不安地盯着浅见。

浅见笑着回看她，问道："有乌龙茶吗？"

"啊……"

"请拿三个杯子！"

困惑不已的弘美端来了乌龙茶茶壶和杯子。浅见往三个杯子里倒上乌龙茶。

"两位，也请端起杯子！干杯！"浅见站了起来。

荒井和弘美相互看了看，按照浅见所说的站了起来，端起了杯子。

"干杯前,请听我说一个预言。刚才荒井先生担心会长会不会弃你不顾,我认为,那是你杞人忧天了。会长可不是冷漠之人,荒井先生您不是最清楚的吗?我相信,在他的设计图中一定也有你的,不,是你们的部分。"

说完,浅见高高地举起了杯子。"为二位幸福的前途及婚姻干杯!"浅见满怀爱意、毫无保留地说道,"希望乌龙茶的冰冷能将不愉快的记忆全都洗去!"

但是,荒井和弘美脸色发青,没有举杯。

尾声

浅见接到了雪江的电话。"刚才,大德尼打来电话,说托您儿子的福,樱香的问题平安解决了。光彦,你到底做了什么?"

听到母亲如此问,浅见发现,其实,自己并没有做什么大事。"呃,我没有做什么大事。这都是托佛的福啊。"

"哼,是吗?对光彦来说,这是可贺之事。去了奈良,多少成长了些吧!总之,回来时注意安全。"

对着已经断线的手机,浅见恭恭敬敬地行了个礼。

过了四点,浅见和妙莲、樱香从月馆家离开。月馆家的人一直把他们送到门口,然后,目送三人离开。荒井站在会长身边,一直低垂着头。

七原将三人送到大门口。浅见与樱香坐上车,妙莲和七原则相伴而行,出了大门。

"有件事,想跟您确认一下!"妙莲小声地说道。

"'不要让樱香出家'的信是你寄到尊宫寺的,是七原女士您吧?"

"呃……"

七原像冻住似的停下了脚步。妙莲转身微笑着看着她。

"啊,即使是这样,也没有指责您的意思。"

"……那个,你为什么会知道?"

"浅见先生说,估计是七原女士寄的。"

"……确实如此。非常对不起!"

七原低头,深深地道歉,眼中满是感激。"至于说为什么要这样做,那是会长的要求。今年春天,会长得到樱香小姐的情报后让我前往调查。之后,我接近尊宫寺,在樱香小姐的周围探查。作为会长来说,有希望将来樱香小姐能继承公司的意思。所以,我很是焦急,觉得必须阻止樱香小姐出家。情急之下,我寄出了那样的信。而且……"

七原的话说得有些含糊。然后,她下定决心道:"我在见了樱香小姐多次后,希望她能回到月馆家……"

"也就是说,因为樱香是春行先生的孩子?"

"呃,是,是这样的……"

"你一定有樱香母亲那样的心情,想要疼爱她的心情吧?"

"怎么会……"

"我很清楚那种心情。为什么这样说，因为我也与七原女士您一样。"

"啊……"

"关于这个问题，我还想与您谈谈。但是，这是樱香自身的问题。那个孩子，一定会自己选择走什么道路。或许，能像七原女士希望的那样也说不定。"

"那……真的会有那样的事吗？"

"如果是那样，就最好了。我也是如此希望的。"妙莲笑了。

七原的脸上，也终于露出了笑容。只是笑容看上去很复杂，像是受到救助一般。

Soarer 在门外等着。浅见打开车门，护卫妙莲上车。车开了出去，七原站在门前，眼中满是泪水，不断地低头行礼，挥手道别。

车开到国道、路过日式餐厅时，可以看到，小川弘美站在店前，静静地向他们鞠躬行礼。

妙莲把这些看在眼里，不免奇怪地问道："您认识那位女士吗？"

"啊，那是刚才和荒井去吃饭的店。"

"只是这样？可是，她可是非常恭敬地行礼了哦。"

"是啊。因为我是荒井的客人，所以比较重视吧。"

这一幕，不知道樱香有否注意到。不过，她好像只是默默地看着大海的方向。

星期一的傍晚，回去的道路多少有些拥堵，但车行还算顺利。

"浅见先生,为什么您什么都不问呢?"樱香好奇道。

"嗯?问?什么?"

"当然是有关诱拐我的那个人啊?"没有被问及,樱香似乎有些不满。

"哈哈哈,那倒也是。但是,即使我问了,樱香小姐什么也不会说的吧。"

"是这样。可什么都不问,不也是很奇怪吗?大家都想知道呢。"

"是吗?那么,我就问一下吧。呃,在哪里被诱拐的?诱拐嫌疑人是什么人?你被关在哪里?受到了怎样的对待?"

"无法回答!"

"哈哈哈,像是在进行国会答辩?在这种场合下,樱香小姐还是说不记得比较好。"

"是吗?那以后我就这样说了。而且,这真的希望是消除记忆的体验。"

"嗯,我不这么认为。这样的体验,不是想体验就能体验到的。十年、二十年后,不,说不定是你一生重要的回忆。"

"浅见先生,那可不行!"妙莲终于无法保持沉默了,用有些严厉的口吻训斥道,"那种不好的回忆该早些消除,否则,会妨碍修行的。您那样说,会让我们为难的。"

"啊,是那样啊。对不起。樱香小姐,我收回刚才说的话。这种像廉价侦探小说的事,快些忘了吧!就像什么都没发生，那样最好。"

"这我大概做不到。说不定妙莲尼会要训斥我了，可这是想要忘也忘不了的事啊。"

"是吧。不管怎么说，你印象最深的是什么？"

"那是……啊，不可以哦，浅见先生！您是不是想要诱导我回答问题了？我不记得了……但是，那样说可以吧，那个女人做的汉堡肉饼非常好吃。"

"哈哈哈，那是真的。配上煎鸡蛋，汉堡肉饼上面是红红的烤番茄吧？"

"什么？是啊。浅见先生为什么会知道？"

"啊，我也吃过这样的汉堡肉饼，有特别好吃的记忆。"

"嗯，是这样啊。我还想吃。但是，不要告诉大德尼哦。妙莲尼也不要说哦。"

"好的好的，我知道了。不告诉大德尼。不过，大德尼可是什么都能勘破哦。"

"啊？真的？我害怕见大德尼！"樱香缩了缩肩。浅见与妙莲笑了起来。

大德尼在尊宫寺门前迎接他们一行三人。

太阳已经下山了，带着淡淡紫色光晕的夕阳越来越近。

樱香第一个下车。光尊张开双臂，用满腔的温柔将樱香抱在了怀中。樱香也将脸埋在光尊身着黑衣的胸前，轻轻哭了。

在光尊与妙莲的记忆中，这位少女从来不哭。如今，她不仅变得更加坚强了,还显现了能率直地表现悲伤、高兴心情的性格。现在,光尊想要疼爱樱香的心情更加强烈了。

远处,传来了宣告黄昏的钟声。

图字：01 – 2011 – 7383

Copyright © 1985 by Yasuo · Uchida
Copyright © 2010 by Yasuo · Uchida
Simplified Chinese Translation Rights Arranged
with Yasuo · Uchida Japan

图书在版编目（CIP）数据

风中的樱香／（日）内田康夫著；张亦依译 .—北京：群众出版社，2012.1
ISBN 978-7-5014-4940-8

Ⅰ．①风… Ⅱ．①内…②张… Ⅲ．①侦探小说—日本—现代 Ⅳ．①I313.45

中国版本图书馆 CIP 数据核字（2011）第 238292 号

风中的樱香

（日）内田康夫 著 张亦依 译 吴建中 审订

出版发行：群众出版社
地　　址：北京市西城区木樨地南里
邮政编码：100038
经　　销：新华书店
印　　刷：北京泰锐印刷有限责任公司
版　　次：2013 年 5 月第 1 版
印　　次：2013 年 5 月第 1 次
印　　张：7.375
开　　本：880 毫米×1230 毫米　1/32
字　　数：156 千字
书　　号：ISBN 978-7-5014-4940-8
定　　价：28.00 元
网　　址：www.qzcbs.com
电子邮箱：exiaoxiaohong@hotmail.com
营销中心电话：010-83903254
读者服务部电话（门市）：010-83903257
警官读者俱乐部电话（网购、邮购）：010-83903253
文艺分社电话：010-83901730　　010-83903973

本社图书出现印装质量问题，由本社负责退换
版权所有　侵权必究